PANINI BOOKS

AUSSERDEM VON PANINI ERHÄLTLICH:

The Art of Star Wars: The Clone Wars
Frank Parisi, Gary Scheppke
Hardcover mit Schutzumschlag, ISBN 978-3-8332-2035-7

Star Wars: THE CLONE WARS
In geheimer Mission Band 1 – Das Breakout-Team
Ryder Windham – ISBN 978-3-8332-2245-0

Star Wars: THE CLONE WARS
In geheimer Mission Band 2 – Piratenfluch
Ryder Windham – ISBN 978-3-8332-2246-7

Star Wars: THE CLONE WARS
In geheimer Mission Band 3 – Duell in der Felsenschlucht
Ryder Windham – ISBN 978-3-8332-2371-6

Star Wars: THE CLONE WARS
Du entscheidest Band 1 – Der Weg des Jedi
Sue Behrent – ISBN 978-3-8332-2247-4

Star Wars: THE CLONE WARS
Du entscheidest Band 2 – Schlacht um Teth
Sue Behrent – ISBN 978-3-8332-2248-1

Star Wars: THE CLONE WARS
Du entscheidest Band 3 – Dookus geheime Armee
Sue Behrent – ISBN 978-3-8332-2372-3

Star Wars: DARTH VADER – Aufstieg und Fall
Ryder Windham – ISBN 978-3-8332-1655-8

Star Wars: OBI-WAN KENOBI – Leben und Legende
Ryder Windham – ISBN 978-3-8332-1877-4

Star Wars: LUKE SKYWALKER – Eine neue Hoffnung
Ryder Windham – ISBN 978-3-8332-2034-0

Star Wars: DARTH MAUL – Der dunkle Jäger
Ryder Windham – ISBN 978-3-8332-2449-2

Nähere Infos und weitere Bände unter:

www.paninicomics.de

STAR WARS
THE CLONE WARS

GRIEVOUS GREIFT AN!

von ROB VALOIS

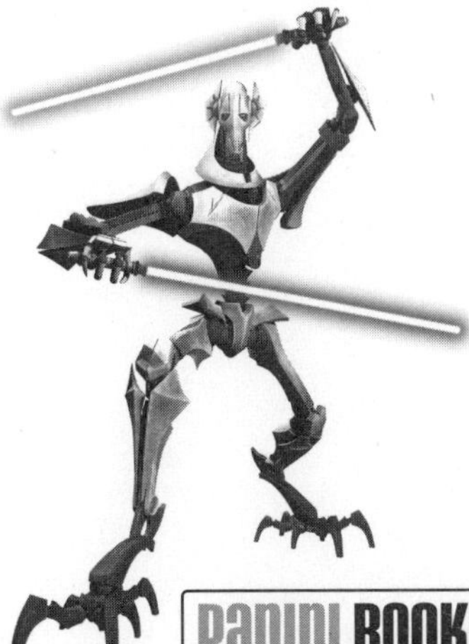

PANINI BOOKS

Die Deutsche Bibliothek – CIP-Einheitsaufnahme
Ein Titeldatensatz für diese Publikation ist
bei der Deutschen Bibliothek erhältlich.

*Dieses Buch wurde auf chlorfreiem,
umweltfreundlich hergestelltem Papier gedruckt.
In neuer Rechtschreibung.*

Deutsche Ausgabe 2012 Panini Verlags GmbH, Rotebühlstraße 87,
70178 Stuttgart.
Titel der amerikanischen Originalausgabe: „*Star Wars:* The Clone Wars:
Grievous Attacks!" adapted by Rob Valois. First published in February
2009 by Grosset & Dunlap, a division of Penguin Young Readers Group

Übersetzung: Dominik Kuhn
Lektorat: Carmen Jonas
Redaktion: Mathias Ulinski, Holger Wiest
Chefredaktion: Jo Löffler
Umschlaggestaltung: tab indivisuell, Stuttgart
Satz: Greiner & Reichel, Köln
Druck: GGP Media GmbH, Pößneck
Printed in Germany

1. Auflage, September 2012
ISBN 978-3-8332-2537-6

www.paninicomics.de
www.starwars.com

INHALT

REKRUTEN

KAPITEL 1

Der Krieg am Äußeren Rand eskalierte immer heftiger. Die Jedi-Generäle und ihre konstant schwindende Klonarmee verstreuten sich über die gesamte Galaxis. Eilig und ständig wurden neue Klonrekruten in den Dienst gestellt, um sie zu unterstützen. Die Republik setzte jedes Mittel, das ihr zur Verfügung stand, gegen die Separatisten-Allianz ein. So bemannten Klonrekruten ein Netzwerk von Beobachtungsstationen. Diese Rekruten waren das einzige Bollwerk der Republik gegen eine bevorstehende Invasion.

An Bord des Flaggschiffes der Republik, der *Resolute*, durchforschten die Jedi-Generäle Anakin Skywalker und Obi-Wan Kenobi die Galaxis auf der Suche nach dem skrupellosen General Grievous. Die Jedi hegten die Befürchtung, dass der General einen Angriff plante. Allerdings wussten sie weder wann noch wo oder wie er angreifen würde. Der diabolische General entkam ihnen seit Wochen immer wieder. Grievous war durchtrieben, wagemutig und ein Meister der Strategie. Er konnte von überallher angreifen.

General Grievous, Kommandant der Droidenarmee der

Separatisten, besaß aber nicht nur Fähigkeiten, sondern handelte gleichzeitig auch gnadenlos. Zur Hälfte ein lebendes Wesen und zur anderen Metall, besaß er die Stärke und Beweglichkeit einer Maschine. In seinem künstlichen Körper schlug ein erbarmungsloses Herz, das vor nichts zurückschreckte, um die Jedi endlich zu vernichten.

Obi-Wan betrat den Strategieraum der *Resolute* und fand dort Anakin, der sich über den Holotisch beugte und grübelte, während er eine holografische Karte anstarrte. Sein Astromechdroide R2-D2 stand ihm, wie immer, zur Seite.

„Immer noch hier, Anakin?", fragte Obi-Wan. „Wann hast du das letzte Mal geschlafen?"

Anakin hatte seit Beginn der Suche nach Grievous tatsächlich nicht viel geschlafen, und Obi-Wan machte sich Sorgen um seinen Freund. Die beiden kannten sich seit Anakins Kindheit. Seitdem sorgte sich Obi-Wan häufig um ihn. Anakin gab ihm häufig Anlass dazu, denn der junge Jedi war dickköpfig, impulsiv und ließ sich häufig von seinen Emotionen leiten. An seinen Fähigkeiten im Umgang mit der Macht bestand jedoch kein Zweifel. Die Macht war stark in ihm, und er war ein ausgezeichneter Jedi-Ritter, trotz der ungewöhnlichen Vorgehensweise, die er manchmal an den Tag legte.

Auch der lange Piepton von R2-D2 drückte Sorge um Anakin aus. Doch der junge Jedi war zu allem entschlossen und würde nicht ruhen, bis Grievous gefunden war.

„Ich schlafe, wenn wir Grievous gefunden haben", stellte Anakin frustriert klar. „Der Klongeheimdienst hat ihn im Balmorra-System gesehen, aber das ist schon wieder Wochen her. Seitdem ist er verschwunden."

Obi-Wan rieb sich nachdenklich den Bart. „Nun denn, im Gegensatz zu dir gönnt er sich eine dringend nötige Ruhepause."

In diesem Moment erschien Admiral Yularen mit dem Bericht über eine Nachricht von Commander Cody bei den Jedi. R2 klinkte sich in den Holotisch ein, und schon erschien ein Hologramm Codys vor ihnen.

„Cody", meldete sich Obi-Wan. „Wie laufen die Inspektionen?" Commander Cody und Captain Rex hatten die Aufgabe erhalten, die Beobachtungsstationen der Republik zu inspizieren, um sicherzustellen, dass alle mit absoluter Effizienz arbeiteten. Die Republik konnte sich keine Schwachstellen leisten.

„Die Beobachtungsstation bei Pastil ist voll in Betrieb", berichtete Cody. „Captain Rex und ich fliegen jetzt weiter zum Außenposten im Rishi-System."

„Gut", erwiderte Obi-Wan. „Erstatten Sie Bericht, sobald Sie da sind." Die Erwähnung des Rishi-Systems spornte Anakins Besessenheit, Grievous zu finden, zusätzlich an. Der Außenposten bei Rishi war für das Überleben der Republik in diesem Krieg besonders wichtig, und solange Grievous sich noch auf freiem Fuß befand, vermochte niemand zu sagen, welche Katastrophen er anzetteln würde.

Nicht weit südlich des Rishi Maze lag der Planet Kamino. Dort produzierte die Republik Klone für die Armee. In den Einrichtungen dieses Planeten am Rande der Republik schlüpften sie aus ihren Wachstumscontainern. Danach erzogen sie Ausbilder und bildeten sie aus. Deshalb kann man Kamino am ehesten als eine Art Heimat für die Klone bezeichnen. Sollten die Droiden es irgendwie am Rishi-Außenposten vorbeischaffen, gelänge es ihnen mit Leichtigkeit, einen Überraschungsangriff auf Kamino zu starten und die Klonproduktion für immer zu beenden. Dann wäre die Armee der Republik verloren.

„Keine Sorge, Anakin", sagte Obi-Wan, als er Anakins Bedenken bemerkte. „Wenn General Grievous auch nur in die Nähe dieses Quadranten kommt, werden wir es als Erste wissen."

KAPITEL 2

Der Rishi-Mond besaß eine dünne Atmosphäre und eine von Kratern übersäte, raue Oberfläche. Der Außenposten der Republik saß auf dem Rand einer der vielen Mondkrater und war das einzige Lebenszeichen in der schroffen und trostlosen Landschaft. Die Station bestand aus einer Landeplattform, einem Mannschaftsmodul und einer Antennenanlage. Alles in allem wirkte der Außenposten recht trostlos.

Ein einsamer Klonsoldat stand auf der Landeplattform Wache. Er suchte mit seinem Makro-Fernglas den Horizont ab, doch wie üblich gab es nichts Außergewöhnliches zu sehen.

„Meldung des Wachoffiziers“, sagte er in seinen Comlink. „Nichts zu melden.“

In der Station hingen mehrere Klonsoldaten unmotiviert in der Kommandozentrale herum. Manche starrten lustlos auf die leeren Überwachungsmonitore, andere machten Armdrücken oder unterhielten sich.

Ein Klon, dessen Gesicht voller Narben war, kam herein. Er sah die anderen geringschätzig an.

„Achtung!“, rief einer der Klone. „Offizier an Deck!“

„Stehen Sie bequem“, befahl Sergeant O'Niner. „Auch

wenn ihr hier neu seid, müsste ich euch eigentlich nicht erzählen, dass dieser Außenposten der strategische Schlüssel zum Äußeren Rand ist. Wenn die Droiden es an dieser Station vorbeischaffen, sind sie in der Lage, einen Überraschungsangriff gegen unsere Heimatwelt Kamino zu fliegen. Und zwar auf die Einrichtung, in der wir geboren wurden."

Die Klonkrieger nickten alle ernsthaft. Sie wussten, was auf dem Spiel stand.

„Es sind Offiziere auf dem Weg hierher", fuhr der Kommandant fort. „Also will ich alles in astreinem Zustand für eine Inspektion haben. Verstanden?"

„Sir, ja, Sir!", antworteten alle Klone wie aus einer Kehle.

In diesem Augenblick geschah auf den Sensorendisplays etwas Eigenartiges.

„Sir, Meteoritenschauer im Anflug!", rief der Klon an der Sensorenkonsole.

„Schilde hochfahren!", befahl der Sergeant. Die Klonkrieger rannten zu ihren Stationen.

Draußen zischten mehrere Meteoriten heran und kollidierten mit den Schilden der Station, auf denen sie auf der Stelle verdampften. Ein paar der Felsbrocken drangen allerdings durch, schlugen auf der Mondoberfläche ein und hinterließen riesige Krater.

In einem der raucherfüllten Krater landete allerdings kein Meteorit, sondern eine kleine Droidenlandekapsel.

Der Klon auf der Landeplattform suchte den Horizont mit seinem Makro-Fernglas immer wieder ab. Irgendwann entdeckte er die Droidenkapsel in der Ferne.

„Was zum …?", murmelte er und aktivierte seinen Comlink.

Doch bevor er die Meldung durchgeben konnte, verdeckte ein Droidenkopf sein Sichtfeld. Der Klonsoldat ließ das Fernglas sinken und bemerkte, dass er von vier Furcht einflößenden Kommandodroiden umstellt war. Ein Fünfter näherte sich ihm unbemerkt von hinten und schlug ihn mit einem Schockknüppel auf den Kopf. Der Klon schrie auf und fiel zu Boden.

Sechs weitere Kommandodroiden stiegen aus der Landekapsel. Sie hoben ihre Waffen und machten sich auf den Weg zum Außenposten.

„Öffnet die Eingänge", verfügte der Droidenanführer.

„Roger, roger", antworteten die anderen synchron.

„CT 327, bitte melden!", rief Sergeant O'Niner in seinen Comlink. „Wache, hören Sie mich?"

„Interferenzen von den Meteoriten?", fragte ein Soldat, als er sich an die Kontrollkonsole setzte.

Die anderen Klone spähten zu den Sichtluken hinaus und suchten ihren Kameraden bei der Landeplattform.

„Ich sehe ihn da draußen nicht, Sarge", rief einer von ihnen.

O'Niner zeigte auf zwei der Klone. „Ihr beiden", sagte er. „Geht ihn suchen."

Die beiden Klone schnappten sich ihre Helme und bewegten sich zum Hauptschott der Kommandozentrale. Als die Tür zur Seite glitt, sahen sie sechs Kommandodroiden durch den Korridor in ihre Richtung schleichen.

„Droiden!", riefen sie. Zum ersten Mal sahen sie echte Droiden, und das brachte sie vollkommen aus dem Tritt.

Sie drehten um und versuchten sich wieder in die Kommandozentrale zurückzuziehen, doch der Droiden-Captain eröffnete sofort das Feuer und die beiden Klone sackten tot in sich zusammen.

Einer der Soldaten in der Zentrale drückte auf den Knopf für den Alarm. Sie mussten die Flotte alarmieren und Verstärkung anfordern. Er wartete mehrere Momente, aber nichts geschah. Der Klon schlug noch einmal auf den Schalter, doch er erhielt auch dieses Mal keine Antwort.

„Sie haben das Notfallsignal deaktiviert!", rief er.

„Setzen Sie eine Nachricht an die Flotte ab!", befahl O'Niner. „Wir müssen eine Warnung …" Doch bevor er zu Ende sprechen konnte, traf ihn ein Laserblitz.

Die Klonrekruten reagierten ebenso erschrocken wie überrascht, als ihr Sergeant zu Boden ging. O'Niner schaffte es mit Mühe, sich auf den Rücken zu rollen. Er kroch in den Korridor hinaus und hob seinen Blaster, doch einer der Kommandodroiden trat ihn ihm aus der Hand. Der Droide blickte zu O'Niner hinunter und schoss aus nächster Nähe auf ihn.

Dann wandten die Kommandodroiden ihre Aufmerksamkeit erneut den übrigen Klonrekruten zu, die in die Kommandozentrale zurückrannten. Einer der Klone schlug auf die Taste eines Kontrollfelds und das Schott glitt zu. Er riss die Abdeckung des Bedienfeldes ab und zerrte ein paar Kabel heraus.

„Das müsste die Blecheimer aufhalten", sagte er. Einer der anderen Klone öffnete am anderen Ende des Raumes eine kleine Klappe zu einem Wartungstunnel.

„Hier rein!", rief er. „Schnell!" Im selben Moment sprühte ein Funkenregen von der Mitte des Eingangsschotts auf die Eindringlinge nieder. Doch die Droiden bahnten sich mit ihren Laserbrennern einen Weg.

Als die Droiden sich Zugang zum Kontrollraum verschafft hatten, waren alle Klone verschwunden.

„Vier Klone entkommen, Captain“, berichtete einer der Droiden.

„Sie sind unwichtig“, entgegnete der Kommandant. „Richtet ein Entwarnungssignal ein und kontaktiert General Grievous.“

KAPITEL 3

Nicht fern des Rishi-Systems machte sich eine riesige Flotte der Separatisten für die Invasion bereit. Dutzende schwer bewaffnete Separatisten-Fregatten und mehrere riesige Kampfraumschiffe der Handelsföderation flogen in Formation durchs All. Ein Schwarm von Vulture-Jägern zischte zwischen den größeren Schiffen umher.

General Grievous stand an Bord seiner Kommandofregatte. Ein Hologramm des Droiden-Captains hing flackernd vor ihm in der Luft.

„Der Außenposten ist gesichert", berichtete der Captain. „Wir haben den Alarm abgestellt und ein Entwarnungssignal eingerichtet."

„Ausgezeichnet", nickte Grievous. „Halten Sie das Signal aufrecht. Ich will nicht, dass die Republik von unserem Kommen erfährt."

Das Hologramm erlosch und Grievous nahm sich einen Moment, um über seinen bevorstehenden Sieg nachzudenken. Jetzt, da der Rishi-Außenposten unter seiner Kontrolle stand, war es nur noch eine Frage der Zeit, bis er endlich die Klonschmiede auf Kamino zerstören konnte. Dann würde ihm die Armee der Republik schutzlos ausgesetzt sein.

Nicht einmal die mächtigen Jedi konnten ihn dann noch aufhalten.

„Unser Spion auf Kamino meldet sich, General", rief ein Droide von der Kommunikationskonsole der Brücke.

Grievous kniff die Augen zusammen und sah über die Schulter zu dem Hologramm der finsteren Killerin Asajj Ventress. Kaum ein Befehlshaber der Separatistenarmee war so erbarmungslos wie sie. Ventress war von der Dunklen Seite der Macht durchströmt und in der gesamten Galaxis gefürchtet.

„Alle Vorbereitungen für die Invasion laufen plangemäß", berichtete die Killerin. Ihre schlangenhaften Augen lugten nur knapp unter ihrer Kapuze hervor. Der Rest ihrer finsteren Miene lag im Dunkeln.

„Gut", erwiderte Grievous. „Unsere Flotte nähert sich dem System. Wir sind fast am Treffpunkt angekommen."

„Sehr gut, mein Lord", sagte Ventress. „Ich erwarte Eure Ankunft."

„Mit der Vernichtung Kaminos werde ich die Herstellung von Klonen ein für alle Mal unterbinden." Grievous lachte siegessicher.

Es schien, als könnte ihn nichts aufhalten.

Von Grievous unbemerkt, näherte sich eine Angriffsfähre der Republik, die *Obex*, dem Rishi-Mond. Am Steuer des Schiffes saß Captain Rex. Er brachte die Fähre in den Landeanflug auf den Mond, während Commander Cody versuchte, mit der Kommandozentrale des Außenpostens Kontakt aufzunehmen.

„Außenposten Rishi, hier spricht Commander Cody. Hören Sie mich? Außenposten Rishi, bitte kommen."

Es kam keine Antwort.

„Außenposten Rishi, bitte kommen! Außenposten Rishi, bitte antworten Sie!“ Cody tauschte mit Rex einen besorgten Blick aus, während er auf Antwort wartete.

„Tut mir leid, Commander“, erklang endlich eine Stimme aus dem Comlink.

Cody sah überrascht zur Konsole und auf das Bild eines Klonkriegers auf dem Display.

„Wir haben, äh, technische Schwierigkeiten“, fuhr der Soldat fort.

„Wir sind das Inspektionsteam“, informierte ihn Cody.

„Inspektion?“, fragte der Klon nervös. „Negativ, negativ, wir benötigen keine Inspektion. Hier ist alles in bester Ordnung. Danke.“

„Das entscheiden wir schon selbst“, sagte Cody und warf Rex einen fragenden Blick zu. „Machen Sie sich für unsere Ankunft bereit.“

„Roger, roger“, erwiderte der Klon.

Irgendetwas stimmte nicht. *Etwas an dieser Antwort kommt mir bekannt vor,* dachte Rex. Er kniff die Augen zusammen und grübelte darüber nach, wo er sie schon einmal gehört hatte.

KAPITEL 4

Cody und Rex standen neben ihrer Fähre auf der Landeplattform des Außenpostens und sahen sich misstrauisch um.

„Das ist nicht gut", sagte Rex auf dem Weg zum Eingangsschott der Station. „Ich sehe den Wachtposten nicht."

„Ich habe ein ganz mieses Gefühl bei dieser Sache", knurrte Cody.

Hier stimmte definitiv irgendetwas nicht. Und in diesem Augenblick ging plötzlich das Panzerschott der Station auf und ein Klon kam heraus.

„Willkommen auf Rishi, Commander", sagte der Soldat. Seine Stimme klang wie die eines Klons, doch seine Bewegungen wirkten seltsam mechanisch. „Wie Sie sehen, läuft auf diesem Außenposten alles reibungslos", fügte der Klon hinzu. „Danke für den Besuch und gute Rückreise."

Auf Rex und Cody wirkte das alles andere als überzeugend. „Wir müssen uns die Basis dennoch ansehen", sagte Cody.

Doch als die beiden Offiziere sich zur Station aufmachen wollten, stellte sich der Klonkrieger ihnen in den Weg. Rex, der angesichts solchen Ungehorsams vor Wut zu kochen begann, wollte unverzüglich zum Vorgesetzten des Klons geführt werden.

„Roger, roger", antwortete der Soldat. Und im selben Augenblick stieg in der Ferne eine Signalrakete auf.

Rex musste die Antwort des Soldaten kein drittes Mal hören, um zu begreifen, was vor sich ging. Er schoss den vermeintlichen Klonkrieger über den Haufen. Der falsche Soldat fiel in Stücken zu Boden. Rex kniete sich zu ihm nieder und nahm ihm dem Helm ab. Die Gesichtsplatte eines Kommandodroiden kam zum Vorschein.

„Droiden", brummte Cody. „Wenn dieser Außenposten von Kampfdroiden besetzt ist, dann muss die Signalrakete von den überlebenden Klonen gekommen sein."

In diesem Moment brach wie aus dem Nichts ein Hagel Blasterfeuer los und schlug in den Boden rings um die beiden Offiziere ein. Sie wurden aus dem Hinterhalt von den Droiden angegriffen! Drei der Maschinen kamen mit Feuer spuckenden Waffen in Sicht. Cody und Rex versuchten sich zur *Obex* zurückzuziehen, doch in der Nähe der Fähre tauchten noch zwei weitere Kommandodroiden auf, die ebenfalls aus allen Rohren feuerten. In alle Richtungen durchsetzte Blasterfeuer die Luft. Die Klone gingen hinter einem Stapel Transportkisten in Deckung und erwiderten das Feuer.

„Wir sind abgeschnitten!", sagte Rex.

Zwei weitere Kommandodroiden kamen aus der Station und bewarfen die beiden Klone mit Granaten.

„Runter von der Plattform!", schrie Rex.

„Verstanden!", rief Cody.

Kurz bevor die Granaten explodierten, hatten sich die

beiden Klone mithilfe ihrer Seilwinden vom Landefeld auf den Kraterboden abgeseilt. Die Explosionswolke verwischte ihre Spuren, weshalb es für die Droiden so aussehen musste, als ob die Soldaten nicht überlebt hatten.

„Also das macht die Lage auf jeden Fall komplizierter", bemerkte Cody, als sich die beiden weit draußen auf der Mondebene in Sicherheit befanden.

Dann vernahmen sie Schritte, die sich näherten. Sie rissen gleichzeitig ihre Blaster hoch.

„Hände hoch!", rief Rex den ankommenden Klonen zu. „Helme abnehmen!"

Die Klone blieben abrupt stehen und hoben die Hände. „Äh, Sir?", fragte einer von ihnen verunsichert und offenbar etwas verängstigt.

„Nehmt sofort die Helme ab!", befahl Rex.

Rex musste sichergehen, dass es sich hier nicht um weitere Droiden in Verkleidung handelte. Als die drei Soldaten jedoch ihre Helme abnahmen, erschienen ihre vertrauten Klongesichter. Cody und Rex ließen erleichtert die Waffen sinken.

Rex nahm seinen eigenen Helm ab und ließ den Blick über die jungen Klone schweifen. „Ich heiße Rex", stellte er sich vor. „Aber ihr nennt mich Captain oder Sir."

Die Rekruten gingen schlagartig in Hab-Acht-Stellung. „Sir, ja, Sir!", riefen sie wie aus einer Kehle in militärischer Manier.

„Und ich bin euer neuer Boss, Commander Cody", verkündete der ältere der beiden Offiziere, der ebenfalls den Helm abnahm.

Einer der Soldaten stellte sich vor. „Meine Bezeichnung ist Soldat zwei sieben Strich fünf fünf fünf, Sir."

„Wir nennen ihn Fives“, sagte einer der anderen Klone. „Ich bin Hevy und das hier ist Echo.“

„Wo ist euer Sergeant?“, fragte Cody.

„Wir sind als Einzige übrig geblieben“, informierte ihn Echo.

„Sieht aus, als hätten wir einen Haufen *Glänzer* an der Backe“, sagte Rex ungerührt mit einem Seitenblick zu Cody.

„Glänzer?“, fragte Echo.

„Genau“, nickte Rex. „Glänzer, weil eure nagelneuen Rüstungen noch im Sonnenschein glänzen. Und ihr noch grün hinter den Ohren seid.“

Die Rekruten sahen alle an ihren nagelneuen Rüstungen hinunter.

Hevy ergriff das Wort. „Sir, die Jungs aus meiner Charge und ich sind ausgebildet und bereit. Wir holen uns unseren Außenposten zurück, *Glänzer* hin oder her.“

Rex genehmigte sich ein schwaches Lächeln. „Bei dir ist anscheinend noch nicht alles verloren, Rekrut.“

KAPITEL 5

Admiral Yularen stand an Bord der *Resolute* an einer Kommunikationskonsole und versuchte erfolglos, mit Cody und Rex in Verbindung zu treten. Obi-Wan und Anakin standen neben ihm.

„Commander Cody, können Sie mich empfangen?", sagte der Admiral zum x-ten Mal in den Comlink. „Captain Rex, bitte kommen."

Eigentlich hätten sich die beiden Klone nach ihrer Ankunft auf dem Außenposten Rishi melden sollen, doch niemand hatte etwas von ihnen gehört.

„Sie hätten sich schon vor Stunden melden sollen", sagte Obi-Wan. „Mir scheint, dein Captain befolgt Befehle genauso gewissenhaft wie du", fügte er mit einem durchtriebenen Blick zu Anakin hinzu.

Rex war Anakins nächster Untergebener, und wie der junge Jedi-General war auch er ein hitziger Freidenker. Es war eine Kombination, die beide oft in Schwierigkeiten brachte – aber auch wieder heraus. Sie waren ein ausgezeichnetes Team.

„Vielleicht langweilt Cody Rex mit Standardprotokollen und -prozeduren", erwiderte Anakin auf Obi-Wans Vergleich und verwies damit auf die Ähnlichkeiten zwischen seinem ehemaligen Meister und dem Klon-Commander.

„Wir müssen an unseren eigenen langweiligen Prozeduren arbeiten und eine Strategie entwickeln, mit der wir Grievous aufspüren können", erinnerte Obi-Wan Anakin. Die unterschwellige Lektion dahinter lautete: *Diese langweiligen Protokolle sind manchmal notwendig.* Obi-Wan als ewiger Lehrer Anakins wusste, dass sein Schüler nicht widersprechen würde. Niemand wollte Grievous dringender finden als Anakin.

Auf der Oberfläche Rishis näherten sich die Klone dem Außenposten. Sie wussten, dass der Feind in der Überzahl war, aber das spielte keine Rolle. Die Basis zurückzuerobern war das Einzige, das zählte. Doch zuerst mussten sie es durch die Panzerschotten der Station nach drinnen schaffen.

Rex bediente sich der Tricks der Droiden und bewegte sich mechanisch und roboterhaft auf das Hauptschott zu. Er gab sich als verkleideter Kommandodroide aus. Der wachhabende Droide im Innern der Station betrachtete Rex durch den Türspion.

„Einheit zwei-sechs, bist du das?", fragte einer der Kommandodroiden.

„Roger, roger", antwortete Rex und versuchte dabei, eine Droidenstimme nachzuahmen.

„Du klingst seltsam", erwiderte der Droide. „Stimmt mit deinem Vokabulator etwas nicht?"

„Roger, roger", wiederholte Rex in der besten Droiden-Imitation, die er zustande brachte.

Doch die Kommandodroiden waren immer noch misstrauisch. Sie forderten Rex auf, seinen Helm abzunehmen, damit sie seinen Kopf sehen konnten. Rex griff nach seinem Helm und trat einen Schritt nach vorn, sodass er außerhalb des Sichtbereichs des Türspions stand. Dann hob er einen abgetrennten Droidenkopf vor den Spion und bewegte ihn leicht hin und her.

Cody, der neben der Tür stand, schüttelte den Kopf. *Das funktioniert nie im Leben*, dachte er.

Doch eine Sekunde später glitt das Panzerschott zur Seite.

Rex und die anderen rannten in den Korridor und eröffneten das Feuer auf die Kommandodroiden. Die Gruppe sicherte schnell den Eingangsbereich und arbeitete sich vorsichtig zur Kommandozentrale vor.

„Erbitte Erlaubnis, die Spitze zu übernehmen, Sir", sagte Hevy.

„Ich übernehme *immer* die Führung, Junge", erwiderte Rex.

Der Klonoffizier schob sich vorsichtig den Korridor entlang. In der Kommandozentrale saßen drei Kommandodroiden an verschiedenen Stationen, während ein Vierter mit dem Rücken zu den Soldaten am Eingang stand. Rex schoss den Wachdroiden einfach nieder, und der Rest der Klontruppe stürmte feuernd in die Kommandozentrale. Die Droiden erwiderten das Feuer und versuchten Deckung zu finden.

Der Captain der Kommandodroiden schoss auf Rex, aber der wich den Laserblitzen aus und schoss zurück. Dem Droiden flog die Waffe aus der Hand. Doch die Maschine gab nicht auf und warf sich mit einem Schwert auf Rex. Der Klon war allerdings zu schnell für seinen Gegner. Rex rollte sich aus der Angriffslinie, packte den Droiden-Captain am

Kopf, brach ihm das mechanische Genick und schleuderte ihn zu Boden.

Die Klonrekruten dachten schon, sie könnten den Sieg feiern, als Cody ein Datenschirm auffiel, auf dem lauter kleine Lichtpunkte blinkten. Irgendjemand war auf dem Weg zu ihnen. Er ging ans Fenster und beorderte die Gruppe, ihm zu folgen. Alle schauten nach draußen. Und dort am Himmel, hoch über dem Außenposten, sahen sie die Flotte der Separatisten vorbeifliegen.

„Deswegen haben sie den Außenposten gekapert", folgerte Cody. „Sie bereiten eine komplette Invasion vor."

„Wir müssen das Oberkommando warnen", fügte Rex hinzu.

KAPITEL 6

Grievous stand an einer Kommandokonsole an Bord einer Separatisten-Fregatte im Luftraum über dem Rishi-Mond.

„Die Basis der Republik sendet immer noch das Entwarnungssignal", meldete der Kampfdroiden-Captain Grievous. „Aber aus irgendeinem Grund antworten unsere Kampfdroiden nicht mehr."

„Wir dürfen nichts dem Zufall überlassen", knurrte Grievous. „Die Basis darf die Jedi keinesfalls über unser Kommen informieren. Schickt Verstärkung hinunter, die sich mal umsieht!"

„Roger, roger", antwortete der Droiden-Captain und schickte ein Landungsboot zu dem Außenposten los.

Die Klone in der Kommandozentrale der Station versuchten verzweifelt, die Kommunikationskonsole in den Griff zu bekommen. Allerdings erfolglos. Die Droiden hatten den Sender sabotiert. Es gab keine Möglichkeit, die Jedi zu alarmieren. Die Konsole musste repariert werden, wofür die Zeit fehlte. Grievous' Nachschub war soeben auf dem Mond gelandet. Die Klone sahen voller Schrecken zu, wie ganze Geschwader von Kampfdroiden und Super-

Kampfdroiden die Rampe des Landungsbootes herabmarschierten.

„Wir können den Außenposten nicht lange gegen diese Armee von Blecheimern halten", gab Cody zu bedenken.

„Dann werden wir die Station einfach zerstören", schlug Rex vor.

Wenn sie den Außenposten vernichteten, würde das Entwarnungssignal abreißen. Sie hatten jetzt eine neue Mission: Kamino um jeden Preis zu beschützen. Grievous und seine Armee standen kurz vor der Invasion. Sollte er Erfolg haben, würde er die Produktion von Klonen für immer zum Stillstand bringen. Sie mussten ihn aufhalten, würden es aber allein nicht schaffen. Die Basis zu zerstören war die einzige Möglichkeit, die Jedi zu warnen.

„Wir könnten das F. T. dafür benutzen!", sagte Echo aufgeregt.

Die anderen sahen ihn fragend an.

„Dieser Mond ist für die Hälfte des Jahres zugefroren", erklärte er. „Wir nehmen flüssiges Tibanna-Gas, um die Basis zu heizen."

„Flüssiges Tibanna", dachte Cody laut. „Höchst explosiv."

Sie mussten nichts weiter tun, als die Treibstofftanks in die Kommandozentrale zu bringen und ein paar Thermodetonatoren zu zünden. Und außerdem die Armee von Kampfdroiden aufhalten, die in Richtung des Außenpostens marschierte.

Als alle über den Plan informiert waren, gingen Rex und Echo die Gastanks holen, während Cody, Hevy und Fives das Waffenarsenal plünderten.

„Die hier nehme ich!", sagte Hevy beim Anblick einer riesigen Vierlingskanone – der größten Waffe im Schrank.

Cody sah Hevy kritisch an.

„Eine große Waffe macht noch keinen großen Mann", witzelte er.

Mittlerweile hatten die Kampfdroiden die Tür erreicht. „Verstärkung erstattet Meldung", gab der Droiden-Sergeant durch.

Die Tür öffnete sich zischend, und die Droiden standen Hevy gegenüber, der die riesige Vierlingskanone im Anschlag hatte.

„Ihr habt nicht *Bitte* gesagt", grinste er und eröffnete das Feuer.

Sie vernichteten das gesamte Droidengeschwader. Die restlichen Droiden auf der Landeplattform reagierten schnell und marschierten auf die Panzerschotten zu. Die Luft war erfüllt von Laserblitzen und Explosionen von Hevys Kanone und den Droidenblastern. Die Klone waren zwar in der Unterzahl, konnten aber die Droiden für eine Weile aufhalten, bevor sie sich wieder in den Außenposten zurückzogen und die Schotten schlossen.

Admiral Yularen befand sich immer noch im Strategieraum der *Resolute* und versuchte Cody und Rex zu erreichen. Anakin und Obi-Wan standen neben ihm. Er war unruhig, weil die Klone nichts von sich hören ließen.

„Captain Rex, bitte kommen", wiederholte Yularen. „Commander Cody, hören Sie mich?"

Er wandte sich an Obi-Wan. „Immer noch keine Antwort, General."

„Was ist mit dem Entwarnungssignal?", fragte Obi-Wan. „Sendet die Basis immer noch?"

„Ja, Sir", bestätigte Yularen.

„Wenn irgendetwas nicht in Ordnung wäre, würden sie uns kontaktieren", nahm Obi-Wan an. „Wir müssen uns darauf konzentrieren, Grievous zu finden."

Grievous ging unruhig auf der Brücke der Fregatte hin und her. Dieser Einsatz dauerte viel länger, als er erwartet hatte.

„Wie ist der Status unten auf der Basis?", brüllte er den Droiden-Captain an. „Ist sie in unseren Händen?"

„Ähm ..." Der Droiden-Captain zögerte mit seiner Antwort. Er hatte bereits gesehen, was Grievous Droiden antun konnte, wenn er unzufrieden war. „Es haben sich ein paar Schwierigkeiten ergeben", fuhr er fort. „Es scheinen noch ein paar Klone übrig zu sein, Sir."

„Dann löscht sie aus!", brüllte Grievous und versetzte dem Droiden einen solch heftigen Schlag, dass dieser beinahe von seinem Stuhl flog. „Wir dürfen uns nicht von ein paar lächerlichen Klonen aufhalten lassen!"

KAPITEL 7

Ein Sieg der Klone erschien immer noch sehr unwahrscheinlich. Die Kampfdroiden hatten sich einen Weg durch die Panzerschotten geschossen und die Klonkrieger lieferten sich ein Feuergefecht mit einem anscheinend endlosen Strom von Droiden. Wenn sie den Außenposten in die Luft sprengen mussten, dann müsste das schnell geschehen. Das war ihnen klar. Cody gab Hevy und Fives den Befehl, sich in die Kommandozentrale zurückzuziehen.

„Rex, alles bereit mit den Gastanks?“, rief Cody in seinen Comlink. „Uns läuft die Zeit davon.“

„Fast fertig“, antwortete Rex.

Cody und der Rest der Truppe zogen sich durch den Korridor zum Turbolift zurück und stießen zu Rex und Echo, die soeben die letzten Thermodetonatoren an einem Stapel mit Tanks voller flüssigem Tibanna-Gas angebracht hatten. Wenn diese Tanks explodierten, würde das die gesamte Station zerstören. Es gab da allerdings noch ein kleines Problem.

„Der Signalgeber bekommt keine Verbindung mit den Detonatoren“, berichtete Rex.

„Ich kümmere mich darum“, sagte Hevy und nahm Rex

den kleinen Handsender ab. „Den habe ich ruck, zuck repariert. Ich komme sofort nach."

Rex ließ Hevy nur widerwillig zurück. Rex, Cody, Fives und Echo rannten durch die Wartungsluke hinaus. Hevy versuchte alles, um den Handsender mit den Detonatoren zu verbinden, doch nichts funktionierte.

Das ist nicht gut, dachte Hevy. *Es muss noch eine andere Möglichkeit geben.*

In diesem Moment hörte er Droidenschritte näher kommen. Er schnappte sich schnell die Vierlingskanone und zog sich in den Korridor zurück.

Der Rest der Mannschaft hatte sich draußen im Krater niedergelassen, knapp außerhalb des Sicherheitsradius der bevorstehenden Explosion.

„Hevy, betätigen Sie den Auslöser!", befahl Rex. Dann sah er sich um. „Wo ist Hevy?"

„Ich bin dran, Sir." Hevys Stimme kam aus Rex' Comlink.

„Hevy, Sehen Sie zu, dass Sie von dort wegkommen!", rief Rex zurück.

Doch Hevy konnte noch nicht gehen. Er erklärte aus seinem Versteck über Comlink, dass die Fernbedienung immer noch nicht funktionierte. Er würde sie von Hand auslösen müssen.

Hevy war so durch seine Unterhaltung mit Rex und den anderen abgelenkt, dass er die drei Droiden nicht bemerkte, die den Korridor am anderen Ende betraten. Doch die Droiden bemerkten ihn.

„He, keine Bewegung!", warnte einer der Droiden.

„Es ist ein Klon", sagte ein anderer. „Feuer frei!"

Die Droiden eröffneten das Feuer. Sowohl Rex als auch die übrigen hörten alles über Comlink mit.

Hevy brauchte sie. Sie mussten ihm zu Hilfe kommen.

„Zurück zum Wartungsschacht", befahl Cody. „Bewegung!"

„Es ist zwecklos", keuchte Hevy in den Comlink. „Ich weiß, was ich zu tun habe." Er erwiderte das Feuer der Droiden.

„Sie klingen nicht gut, Rekrut!", meldete sich Rex besorgt.

Hevy reagierte nicht mehr. Er lieferte sich ein schweres Feuergefecht mit den Kampfdroiden. Eine ganze Zeit lang schaffte er es, den Schüssen auszuweichen, doch dann wurde er plötzlich von hinten getroffen. Für ihn war es ein Schock – Hevy war noch nie getroffen worden. Der Treffer ließ ihn herumwirbeln, und so sah er am anderen Ende des Korridors eine weitere Schwadron Droiden ankommen, die ihn ebenfalls beschoss.

Er konnte Rex über Comlink hören. „Soldat, bitte kommen! Hören Sie mich?" Die Stimme des Captains wurde immer aufgeregter. „Soldat, bitte kommen! Antworten Sie! Reden Sie mit uns!"

Doch Hevy gab keine Antwort. Er war zu beschäftigt. Noch einmal hob er seine Vierlingskanone und schoss auf das Droidengeschwader, bevor er einen Sprint in die Kommandozentrale hinlegte.

In der Zentrale wimmelte es von Droiden. Der Commander der Kampfdroiden saß an der Hauptkonsole. Hevy hob seine Kanone und eröffnete das Feuer. Der Commander wurde in Stücke zerlegt, zusammen mit einigen umstehenden Droiden. Doch dann verstummte die Vierlingskanone schlagartig. Die Munition war aus. In Ermangelung einer Alternative schleuderte Hevy die Kanone auf die Droiden und schaltete sogar noch ein paar von ihnen aus. Aber die übrigen Kampfmaschinen rückten weiter gegen ihn vor. Er fing sich noch mehrere Treffer ein, bevor er schließlich zu Boden ging. Trotzdem gab er nicht auf. Mit all seinem Willen nahm er seine letzten Kräfte zusammen und kroch in Richtung des nächsten Thermodetonators. Die Droiden standen um ihn herum, die Blaster auf ihn gerichtet.

„Nehmen wir Gefangene?", fragte ein Droide den anderen.

„Ich nicht", sagte Hevy und drückte den Knopf am Detonator.

Cody, Rex und Echo sahen zu, wie der Außenposten in einer gewaltigen Explosion verging. Die Wolke zerstörte alles, einschließlich des Landungsbootes der Separatisten und allen umstehenden Droiden. Es blieb nichts, außer rauchenden Trümmern. Hevy konnte keinesfalls überlebt haben.

Einen Moment sagte keiner der Klone etwas. Dann ergriff Echo das Wort. „Hevy hat diese Station schon immer gehasst."

An Bord der *Resolute* bemerkte Admiral Yularen, dass das Entwarnungssignal nicht mehr ausgestrahlt wurde.

„Die Rishi-Basis sendet nicht mehr!", rief der Admiral den Jedi zu.

„Das muss Grievous sein", knurrte Anakin.

„Invasionsalarm auslösen", befahl Obi-Wan der Mannschaft. „Jetzt bringen wir diese Flotte mal auf Touren!"

Die Brückenbesatzung setzte sich in Bewegung, und es dauerte nicht lange, da war die Flotte unterwegs zum Rishi-System.

Grievous stand mit zusammengekniffenen Augen an der Beobachtungskonsole seiner Separatisten-Fregatte und starrte ungläubig auf den brennenden Außenposten. Mit einem wütenden Aufheulen schlug er mit der Faust gegen die Konsole.

„Ich habe ihnen nicht befohlen, die Station in die Luft zu jagen!“, zischte er durch zusammengebissene Zähne.

„Ist es nicht gut, dass die Basis zerstört ist?“, fragte der Captain der Kampfdroiden dümmlich.

Grievous drehte sich um und starrte den Droiden-Captain mit stechendem Blick an. Wieso waren Droiden grundsätzlich unfähige Idioten?

„Idiot!“, sagte er so ruhig er es zustande brachte. „Die Explosion wird das Entwarnungssignal unterbrochen haben! Jetzt weiß die Republik unter Garantie, dass wir hier sind!“

Wie auf ein Zeichen erschien in diesem Augenblick die Flotte der Republik vor Grievous' Sichtscheibe.

„Die Flotte der Republik“, knurrte der General. „Mit denen können wir es nicht aufnehmen. Bringt uns hier weg.“

Fives und Echo beobachteten durch ihre Ferngläser, wie die Separatistenflotte den Rückzug antrat. Hevy hatte sie alle gerettet. Rex bemerkte außerdem etwas am Himmel: Zwei Jedi-Schlachtschiffe rasten mit kreischenden Triebwerken vorüber. Anakin und Obi-Wan waren unterwegs, die Klone abzuholen. Cody hob das Blastergewehr und winkte anerkennend.

Die Jedi belobigten Echo und Fives in der Hangarbucht.

„Wir danken euch im Namen der Republik für eure tapferen Dienste und möchten das Opfer eures Kameraden ehren", sagte Obi-Wan.

Er und Anakin verneigten sich vor den Klonen und machten sich erneut auf den Weg zur Brücke. Rex sah zu den Klonen hinüber. Sie sahen zerschlagen und schmutzig aus.

„Herzlichen Glückwunsch. Jetzt seid ihr keine Glänzer mehr", sagte er. „Ihr habt mir heute etwas gezeigt. Ihr seid genau die Männer, die ich für die 501. Kompanie brauche."

„Sir, ja, Sir!", riefen Fives und Echo synchron.

Anakin stand auf der Brücke, tief in Gedanken versunken. Ja, die Dinge hatten letztendlich funktioniert, aber würden sie das nächste Mal wieder so viel Glück haben? Eines wusste er sicher: Sowohl die Jedi als auch die Republik würden Grievous schon bald wiedersehen.

DER FALL EINES DROIDEN

KAPITEL 1

Drei Jedi-Kreuzer schwebten über dem Planeten Bothawui. Die Allianz der Separatisten und die Armeen der Republik rangen seit Wochen um die Kontrolle über den Äußeren Rand. Die Separatisten unter der Führung von General Grievous waren der Armee der Klonkrieger, die auf der Seite der Republik kämpfte, haushoch überlegen. Bothawui war ein Planet von zentral wichtiger Bedeutung am Äußeren Rand, und die Republik verzichtete nicht kampflos auf die Kontrolle Bothawuis.

Der Jedi-General Anakin Skywalker war zur Sicherheit des Planeten abkommandiert worden. Sein Schiff, die *Resolute*, führte die Flotte zum Schutz Bothawuis an. Admiral Yularen stand auf der Brücke. Zu seinen beiden Seiten standen ein Klonpilot und Ahsoka, ein Togruta-Mädchen vom Planeten Shili. Das junge Mädchen war Skywalkers Padawan, und sie begleitete ihn auf allen seinen Missionen. Sie hatte die typisch dunkel-orangefarbene Haut ihres Volkes und weiße Stammeszeichen auf Stirn und Wangen. Drei blau-weiß gestreifte Kopftentakel – *Lekku* genannt – hingen ihr über die Wangen und den Rücken hinab.

Admiral Yularen trug die einfache blaue Militäruniform der Republik. Er sah zum Sichtfenster hinaus auf das dichte Asteroidenfeld, das Bothawui umgab. Die Asteroiden torkelten in ihren leuchtenden Rottönen über den Planeten. Sie waren ebenso schön wie gefährlich.

„Kommen Sie den Asteroiden nicht zu nahe", warnte er seinen Piloten.

„Ja, Sir", nickte der Pilot. „Glauben Sie wirklich, dass sie auftauchen?"

„Wenn Meister Skywalker sagt, sie kommen, dann werden sie auch kommen", versprach Ahsoka. „Haben Sie Geduld."

Unten im Hangar der *Resolute* war Anakin Skywalker mit Reparaturen an seinem Delta-7B-Raumjäger beschäftigt. Er saß im Cockpit der keilförmigen Einmann-Kampfmaschine. Sein Astromechdroide R2-D2 hatte sich in den Flügelanschluss eingeklinkt.

„Sieht so aus, als hätten wir jetzt das schnellste Schiff in der Flotte", sagte Anakin mit einem Blick auf das Datendisplay vor ihm. „Bring den Schubfaktor dieses Mal auf den höchsten Wert."

„Piep!", erwiderte R2. Er wollte die Anweisung gerade ausführen, als ein kleiner Treadwell-Droide auf Rädern vorbeirollte. R2 piepte zum Gruß.

Der Droide antwortete mit etwas, dass sich nach einem unhöflichen elektronischen Rülpsen anhörte. Er war eine einfache Maschine mit einem stabförmigen Körper, an dessen oberem Ende ein Augenpaar wie ein Fernglas prangte.

„Piep, piep, piep!", tönte R2 beleidigt.

Der Treadwell gab ein weiteres taktloses Geräusch von sich, rollte weiter und verschwand hinter dem Raumjäger.

„Sind wir bereit für einen Antriebstest?“, fragte Anakin R2. Der Astromechdroide piepte eine Antwort. „In Ordnung, Erzwo. Halt dich bereit.“

Die Hecktriebwerke des Schiffes zündeten und stießen eine Flammenwolke aus. Ein erschrockenes Pfeifen ertönte.

Anakin drehte sich um und sah den Treadwell-Droiden, der komplett voller Ruß von den Triebwerken war. Und dann kippte er einfach um.

Anakin schüttelte den Kopf. „Erzwo, das hat er nicht verdient!“

R2 reagierte mit einem hinterlistigen Pfeifen. In diesem Moment kam Ahsoka angerannt.

„Skyguy, wir bekommen gerade eine dringende Nachricht herein“, berichtete sie Anakin.

„Ahsoka, ich sagte doch, du sollst mich vor den Leuten nicht so nennen“, erwiderte Anakin verärgert.

„Es ist dringend, Meister, Sir“, antwortete Ahsoka.

Anakin und R2 folgten ihr zum Strategieraum der *Resolute*, wo sie bereits von Admiral Yularen erwartet wurden. Ein Bild von Jedi-Meister Obi-Wan Kenobi flimmerte auf dem Holotisch in der Mitte des Raumes.

„Die Separatistenflotte unter dem Kommando von General Grievous ist zu euch unterwegs“, warnte sie Obi-Wan.

Allein die Erwähnung von Grievous' Namen löste bei den meisten Anhängern der Republik Angst aus. Grievous jagte die Jedi aus purem Vergnügen und kämpfte mit vier Lichtschwertern gleichzeitig. Seine Streitkräfte gewannen in letzter Zeit im Äußeren Rand eine Schlacht nach der anderen.

„Sieht so aus, als wüsste dieser Feigling immer, wann und wo er uns angreifen muss“, sagte Anakin nachdenklich.

„Ihr seid seiner Flotte weit unterlegen", gab Obi-Wan zu bedenken. „Ich würde euch zu einem Rückzug raten."

„Wenn wir jetzt fliehen, werden die Separatisten diesen Sektor unter ihre Kontrolle bringen", erwiderte Anakin. „Das kann ich nicht zulassen."

„Und genau das ist dein Problem", sagte Obi-Wan streng. Er wusste, dass sein ehemaliger Schüler dazu neigte, unnötige Risiken einzugehen.

„Meister Kenobi hat recht", versetzte Ahsoka. „Wir sollten uns umorganisieren. Wir haben nicht die geringste Chance gegen ..."

„Ahsoka", unterbrach Anakin sie mahnend.

Doch Ahsoka konnte ebenso dickköpfig sein wie Anakin. „Selbstmord ist nicht die Art der Jedi, Meister", konterte sie mit einem stechenden Blick.

„Du solltest auf deinen Padawan hören", riet Obi-Wan Anakin.

Anakin lächelte das Hologramm Obi-Wans listig an. „So wie Ihr damals auf den Euren gehört habt, mein alter Meister? Nein, wir bleiben hier und kämpfen." Er sah hinunter auf den Holotisch, auf die Bilder all der Schiffe und Waffen, die ihm zur Verfügung standen. „Und ich glaube zu wissen, wie ich General Grievous bei seinem eigenen Spiel schlagen kann."

Ganz in der Nähe tauchten sechs Schiffe aus dem Hyperraum in den Luftraum über Bothawui ein. Bei den klotzigen Fregatten handelte es sich um schwer bewaffnete Raumschiffe im Besitz des intergalaktischen Bankenclans. Im Krieg gegen die Republik wurden sie von den Separatisten als Kampfschiffe genutzt.

General Grievous stürmte auf die Brücke der Kommandofregatte. Er ähnelte mehr einem Droiden als einem lebenden Wesen, denn er hatte vier Arme aus Metall, einen Metallkörper und Beine aus Metall. Eine totenkopfähnliche Maske bedeckte sein Gesicht und sein lebendiges Gehirn, ließ aber ein kaltes, gelbes Augenpaar frei. Sein grauer Umhang wehte ihm nach, als er über die Brücke fegte.

Der Captain der Kampfdroiden drehte sich um und wandte sich seinem Kommandanten zu. „Unsere Spione hatten recht, General. Die Jedi haben eine Flotte hinter den Ringen des Planeten in Stellung gebracht."

Grievous starrte auf den grün leuchtenden Schirm vor sich. Es stimmte. Eine kleine Flotte aus Jedi-Schiffen stand zwischen dem Asteroidengürtel und Bothawui im Raum.

„Fliegen Sie unsere Schiffe durch den Asteroidengürtel, damit wir sie angreifen können", ordnete er an. Seine beschädigten Lungen zischten rasselnd in dem künstlichen Brustkorb.

„*Durch* das Asteroidenfeld, Sir?", fragte der Droiden-Captain ungläubig.

„Wenn wir sie von oben angreifen, sind sie im Vorteil", erklärte Grievous. „Also fliegen wir durch die Felsen hindurch."

Der Droiden-Captain nickte und brachte das große Schiff auf den Kurs durch die kantigen Asteroiden hindurch. Die anderen fünf Schiffe folgten. Zwischen den schweren Steinbrocken war kaum Platz zum Manövrieren.

Däng! Ein Asteroid prallte von der Hülle auf der Höhe der Brücke ab.

„Das klang nicht sonderlich gut", sagte der Droiden-Captain nervös.

„Alle Energie auf die Frontschilde leiten!“, befahl Grievous.

Der Droiden-Captain sah unruhig auf. „Und was ist, wenn sie uns von hinten angreifen?“

„Das können sie nicht“, informierte ihn Grievous. „Die Asteroiden werden uns davor schützen.“

Anakins Raumjäger und eine Flotte von V-19-Jägern starteten von den Jedi-Kreuzern. Sie näherten sich schnell den angreifenden Schiffen.

„Geschwader Gold, Formation zusammenziehen“, befahl Anakin dem anführenden Jäger. „Langsamer Anflug, wir wollen sie noch heranlocken.“

„Ja, Sir“, sagte der Klonpilot und lenkte seinen Jäger in Formation.

„Piep, piep!“, tönte R2 besorgt.

„Keine Sorge, Erzwo“, beruhigte ihn Anakin. „Grievous wird uns voll in die Falle gehen.“

Ahsoka stand im Strategieraum der *Resolute* an ihrem Radarschirm. Ringe in verschiedenen Farben stellten die Fregatten dar, die sich durch das Asteroidenfeld manövrierten. Ahsoka beobachtete sie genau.

„Kommando der *Resolute* an Gold-Führer“, sagte sie angespannt in den Comlink. „Wir sind bereit.“

Ein Klonoffizier stand an der Radarstation und rief die Positionen der Fregatten in den Raum. „Feind im Anflug in Zone sechs … Zone fünf.“

Die Fregattenflotte schob sich langsam auf den Rand des Asteroidenfeldes zu. Grievous sah auf seinem Schirm eine

Flotte von V-19-Raumjägern näher kommen. Einer von ihnen unterschied sich von den anderen – es war Anakin Skywalkers Delta-Jäger. Die kleine Flotte flog auf den Asteroidengürtel zu. Und hinter ihnen schwebten drei Jedi-Kreuzer geradewegs in Richtung der Separatistenflotte.

Hätte Grievous einen Mund gehabt, so hätte er gelächelt. Die kleinen V-19-Jäger bedeuteten nichts weiter als ein Ärgernis. Und er hatte sechs Schiffe unter seinem Kommando, während die Jedi nur drei hatten. So ein Kräfteverhältnis gefiel ihm. Drei seiner Schiffe hatten den Asteroidengürtel bereits sicher durchquert.

„General, wir haben jetzt freie Schusslinie auf ihre Kreuzer", meldete der Captain.

„Gut, gut", grunzte Grievous. Er warf noch einen Blick auf den Schirm. „Konzentriert das Feuer auf den am nächsten gelegenen Kreuzer!"

Und dann schien der Himmel zu explodieren, als die drei Fregatten das Feuer auf die Schiffe der Republik eröffneten.

KAPITEL 2

Bäng! Die *Resolute* wurde durchgerüttelt, als das Trommelfeuer der Separatisten-Fregatten auf sie niederprasselte. Ahsoka stand im Strategieraum und hatte Mühe, sich bei dem heftigen Schwanken des Schiffs auf den Beinen zu halten.

Ich hoffe, dass Skyguy keinen Fehler gemacht hat, dachte sie.

Bäng! Wieder bekam die *Resolute* einen Treffer ab. Zwei der umstehenden Klonkrieger wurden an die Wand geschleudert. Ahsoka fixierte den Schirm und zählte sechs Fregatten, die näher kamen.

„Wir sind dieser Feuerkraft unterlegen!“, schrie sie in ihren Comlink. „Hier draußen halten wir es keine Mynock-Minute mehr aus!“

Anakin antwortete aus dem Cockpit seines Raumjägers. „Haltet durch, Ahsoka! Sie sind genau da, wo wir sie haben wollen!“

Er führte die V-19-Jäger in Formation auf die Flotte der Separatisten zu. Unter ihnen kassierte einer der großen Jedi-Kreuzer einen schweren Treffer. Das Schiff begann zum Planeten hin abzusinken.

„Es hat keinen Zweck, der Angriff ist zu geballt", rief ein Klonpilot über Comlink.

Seine Warnung kam zu spät. Der dunkle Himmel leuchtete taghell, als einer der V-19-Jäger getroffen wurde. Er rammte einen der anderen Jäger und löste damit eine zweite Explosion aus.

„Geschwader Gold, Ausweichmanöver fliegen!", befahl Anakin.

Die V-19er brachen ihre Formation auf und flogen einen Bogen zurück zum Planeten. Nur Anakin flog weiter seinen Angriff auf die feindlichen Fregatten.

„Piep, Piep", gab R2 nervös von sich.

„Nein, Erzwo, wir treten nicht den Rückzug an", sagte Anakin entschieden. „Glücklicherweise hast du aus unserem Antrieb zusätzliche Energie herausgeholt."

General Grievous sah das Geschwader abfliegen – und glaubte den Sieg bereits in seinen Händen. „Jetzt machen wir sie fertig!", rief er.

Alle sechs Fregatten hatten mittlerweile den Asteroidengürtel hinter sich gelassen.

Und Anakin war bereit, zuzuschlagen.

„Ahsoka!", sagte er in seinen Comlink. „Sie sind in Position! Enthülle unsere kleine Überraschung!"

„Sofort, Meister", entgegnete Ahsoka. „Rex, alter Kumpel! Zeit, dass Sie die Party aufmischen!"

„Mit Vergnügen!", ertönte Rex' Stimme über Comlink und er stieg in seinen riesigen AT-TE-Geher. Anakin hatte die Gehpanzer strategisch zwischen den Hügeln und Kratern der Asteroiden platziert. Jetzt stampfte eine riesige Armee von ihnen ins freie Feld hinaus. Ihre mächtigen Laserkanonen waren auf die Separatistenflotte gerichtet.

„General, sie haben uns in der Zange!“, warnte der Droiden-Captain Grievous.

Doch bevor der Feind reagieren konnte, führte Rex Anakins Plan aus.

„Alle Einheiten Feuer frei!“, befahl er.

Bumm! Bumm! Bumm! Der Asteroidengürtel schien in einem Meer von Blitzen zu explodieren, als die AT-TE-Piloten die Fregatten von achtern beschossen und die Triebwerke als Hauptziele wählten. Grievous' eigene Strategie hatte ihm einen Strich durch die Rechnung gemacht: Die Fregatten hatten keine aktiven Heckschilde.

Eine der Fregatten verging in einem orangefarbenen Feuerball.

„Unmöglich!“, brüllte Grievous.

Ahsoka gefiel, was sie auf ihrem Bildschirm sah. Ihre Flotte hatte die Fregatten eingekreist.

„Frontkanonen, Feuer frei!“, befahl sie.

Die beiden verbliebenen Jedi-Kreuzer eröffneten das Feuer gegen die Separatistenschiffe. Grievous kochte vor Wut, als seine Fregatten von vorn und hinten mit Blasterfeuer eingedeckt wurden.

Anakin lenkte seinen Jäger gekonnt zwischen die feindlichen Fregatten.

„Das geht mir ja fast zu einfach“, sagte er.

Er flog in Bögen zwischen den Schiffen umher, wobei er Metalltrümmern ausweichen musste. Und dann raste er im Sturzflug auf die Brücke von Grievous' Schiff nieder und deckte sie mit Schnellfeuer aus seinen Blasterkanonen ein.

„Bringt uns hier raus!“, bellte Grievous, als die Treffer sein Schiff erschütterten.

„Ähm, und wohin sollen wir fliegen?", fragte der Droiden-Captain.

Grievous wandte sich wütend ab und stampfte von der Brücke. Er ging zur Landebucht und sprang in seinen Raumjäger. Die Bucht bebte, als mehr und mehr Feuer von den AT-TE-Gehern die Hülle durchlöcherte.

Grievous gelang gerade noch die Flucht, bevor seine Fregatte explodierte. Anakin sah den Jäger des Generals an sich vorbeischießen.

„Grievous!" Er wendete schnell und verfolgte das fliehende Schiff. Aber da leuchtete der Jäger des Generals schon auf und machte sich für den Sprung in den Hyperraum bereit. Wenn Anakin sich jetzt nicht beeilte, würde er Grievous komplett verlieren.

„Festhalten, Erzwo!", rief Anakin.

Er brachte seinen Jäger direkt hinter Grievous, doch in diesem Moment ...

BUMM! Ganz in der Nähe explodierte eine Separatisten-Fregatte in einem gewaltigen Feuerball.

„Wir brauchen mehr Geschwindigkeit, Erzwo!", drängte Anakin.

Der Droide gehorchte und Anakin lenkte das Kampfschiff durch den Feuerball. Doch der Delta-Jäger kam am anderen Ende der Wolke mit einem großen Metallsplitter in der linken Tragfläche wieder heraus. Das Bruchstück sah aus wie eine Messerklinge.

„Piep, piep!", warnte R2. Funken schlugen aus der Tragfläche.

„Sieh zu, was du dagegen unternehmen kannst", befahl Anakin. Er konzentrierte sich auf Grievous' Jäger direkt vor sich. Er hatte nur eine Chance auf einen Schuss ...

„Oh-oh", machte Anakin. Jetzt schlugen die Funken aus dem ganzen Schiff. Und dann quoll eine Feuerwolke aus dem Loch in der Tragfläche.

„Ich habe ein ganz mieses Gefühl bei dieser Sache", sagte er.

BLAMM! Anakins Schiff ging in Flammen auf. Er verlor die Kontrolle und das Schiff torkelte auf einer Spiralbahn ins All hinaus.

KAPITEL 3

Anakin öffnete langsam die Augen. Er musste blinzeln, da er unter einem hellen, weißen Licht lag. Ahsoka und Rex standen an seinem Bett, und neben ihm schwebte ein silberfarbener Medidroide. Anakin spürte, wie der Droide eine Sonde aus seinem Arm zog.

„Was ist passiert?", fragte er erschöpft.

Ahsoka nickte in Richtung des Klon-Captains.

„Ihr verdankt Rex Euer Leben, Skyguy", informierte sie ihren Meister.

„Ich mache nur meinen Job", sagte Rex bescheiden. „Es war Ihr Plan, mit dem wir gewonnen haben."

„Grievous ist zwar auf freiem Fuß, aber seine Flotte von Blecheimern ist nur noch ein Haufen Ersatzteile", berichtete Ahsoka fröhlich.

Anakin zog sich mühsam in eine sitzende Position hoch. „Gute Arbeit, ihr beiden", sagte er und sah sich um. „Wo ist Erzwo?"

Auf Ahsokas Gesicht legte sich ein Schatten. „Es tut mir leid, Meister", sagte sie leise. „Er wird vermisst."

Anakin sank in sein Kissen zurück. R2 verschwunden? Er stieß ein trauriges Seufzen aus. R2 war viel mehr als ein Astromechdroide. Für Anakin war er ein richtiger Freund.

Kurze Zeit später trafen sich Anakin und Ahsoka im Strategieraum zu einer Nachbesprechung mit Obi-Wan. Das Abbild des Jedi hing blau leuchtend über dem Holotisch.

„Glückwunsch, Anakin", begann Obi-Wan. „Dein Erfindungsreichtum erstaunt mich immer wieder."

Anakin konnte Obi-Wan nicht in die Augen sehen. „Ich danke Euch, Meister."

„Du machst einen besorgten Eindruck", bemerkte Obi-Wan.

„Ich habe Erzwo im Kampf verloren."

„Na ja, R2-Einheiten gibt es ja wie Sand am Meer", behauptete Obi-Wan. „Ich bin mir sicher, dass du einen passenden Ersatz findest."

Aber Anakin erwiderte: „Ich könnte mit einem Geschwader hinausfliegen und ihn suchen gehen."

„Anakin, er ist nur ein Droide", sagte Obi-Wan sachlich. „Du weißt, dass Bindungen für einen Jedi nicht schicklich sind."

„Es ist nicht nur das, Meister. Hmm … wie sage ich es?" Anakin holte tief Luft. „Ich habe Erzwos Speicher nicht gelöscht."

„Was?", rief Obi-Wan beunruhigt. „Er ist immer noch mit unseren strategischen Plänen und den Koordinaten unserer Basen programmiert? Wenn die Separatisten ihn in die Finger bekommen … Wie konntest du nur vergessen, den Speicher des Droiden zu löschen?"

Anakin fehlten die Worte. Ahsoka sprang für ihn ein. „Meister Obi-Wan, es war einfach nützlich, dass Erzwo diese Informationen im Speicher hatte."

„Dann mach dich auf die Suche nach diesem Droiden, Anakin", ordnete Obi-Wan streng an. „Unser Leben könnte davon abhängen."

„Sofort, Meister", antwortete Anakin. Nun, da er wusste, dass er eine Chance hatte, R2 zu suchen, ging es ihm besser. Er entschied sich, die *Twilight* für diese Aufgabe einzusetzen. Er und Ahsoka hatten den alten Frachter bei einem Einsatz auf dem Planeten Teth beschlagnahmt. Der alte Schrotthaufen hatte sich als ziemlich robustes Schiff erwiesen.

Anakin ging zum Achterdeck des Kreuzers, auf dem die *Twilight* parkte. Ahsoka erwartete ihn bereits mit einem goldenen Astromechdroiden.

„Meister!", begrüßte sie ihn. „Sie haben gerade Euren Ersatzdroiden geliefert. Das ist R3-S6!"

R3 drehte seinen kuppelförmigen Kopf und gab ein fröhliches Zwitschern von sich.

„Ich habe gehört, dass die neuen R3er schneller denken und mehr Fähigkeiten haben als die alten R2-Einheiten", sagte Ahsoka. Sie wollte ihren Meister aufmuntern, der immer noch traurig über den Verlust R2 war.

„Und das Beste ist: Er ist golden!", fügte Ahsoka hinzu. Sie wusste, dass sie Anakin den neuen Droiden schmackhaft machen musste. Es war nicht R2, aber ihr Schiff brauchte einen Mechdroiden, ob es Anakin gefiel oder nicht. „Ein goldener Droide für Anführer Gold", lächelte sie. „Vom Geschwader Gold?", fügte sie fragend hinzu, als Anakin nicht auf den Hinweis einging.

Anakin betrachtete den Droiden misstrauisch. „Man

kann Erzwo nicht ersetzen", sagte er nur und ging ohne ein weiteres Wort an Bord der *Twilight*.

R3 stieß ein trauriges Piepen aus.

„Keine Sorge, Goldie", tröstete ihn Ahsoka. „Du wirst ihn noch besser kennenlernen. Komm."

Anakin startete das Schiff und steuerte es aus dem Hangar der *Resolute* hinaus. Der Raum um Bothawui war voll mit Trümmern der feindlichen Frachter. Metallteile schwebten ihnen um die Ohren, und Anakin musste sich anstrengen, um das Schiff unbeschadet dazwischen hindurchzusteuern.

Plötzlich bemerkte Anakin etwas. „Da ist mein Schiff!", rief er. Doch seine Begeisterung versiegte sofort. Es war kein Astromechdroide im Schacht. „Erzwo ist weg!", rief er. „Er muss entkommen sein. Er muss hier irgendwo sein."

„Erzwo ist nicht auf den Scannern, aber da draußen ist ein Schiff", berichtete Ahsoka.

In diesem Moment kam ein Frachter vor der Cockpitscheibe in Sicht. Der riesige Metallkasten sah aus, als hätte ihn jemand aus Ersatzteilen zusammengebastelt.

„Sieht wie ein trandoshanischer Schrottfrachter aus", stellte Anakin fest. „Vielleicht durchkämmt er das Schlachtfeld nach verwertbaren Teilen."

Ahsoka hatte schon von den Trandoshanern gehört. „In den historischen Texten steht …", begann sie.

„Archivtexte können dir nur einen Teil des Bildes zeigen, mein junger Padawan", unterbrach Anakin sie. „Du wirst eine Menge mehr durch eigene Erfahrungen lernen."

Anakin folgte wie immer einem Plan. Die *Twilight* stellte die perfekte Deckung dar. Mit ihr gingen sie mühelos als

Schrotthändler durch. Er und Ahsoka zogen sich weiße Umhänge über ihre Jedi-Uniformen. Dann dockten sie an den Frachter an und begaben sich zusammen mit R3 an Bord.

Kaum hatten sie die Luftschleuse verlassen, schlug ihnen ein fauler Geruch entgegen.

„Boah!", stieß Ahsoka hervor. „Was ist das für ein Geruch?"

„Trandoshanisch", informierte sie Anakin. „Die Hutts benutzen den Begriff für *Kacke riechen*".

Ahsoka verzog das Gesicht. Sie hatte einmal einem Baby-Hutt die Windeln gewechselt, und eigentlich hatte sie gedacht, es könne nichts Schlimmeres geben. Bis jetzt.

„Du wirst dich daran gewöhnen", grinste Anakin.

In diesem Moment fuhr ein Sondenarm aus der Wand und streckte sich ihnen entgegen. Der Arm war am Ende mit etwas bestückt, das wie ein großer Augapfel aussah – und wahrscheinlich eine Kamera war.

Anakin setzte sein charmantestes Lächeln auf. „He, wir wollen einen Droiden kaufen. Hättet ihr einen?"

Der Arm zog sich wieder in die Wand zurück. Vor ihnen öffnete sich eine Tür und ein Trandoshaner zwängte sich hindurch. Bei dem plumpen Schrotthändler handelte es sich um ein humanoides Reptil in einer langen Robe. Sein breites Gesicht bedeckten Schuppen und sein Mund war voller winziger, spitzer Zähne.

Anakin verzog das Gesicht. „Ähm, vielleicht gewöhnen wir uns doch nicht an den Geruch. Der hier ist echt übel."

Der Trandoshaner nickte ihnen zu. „Ich bin Gha Nachkt, Händler für Sammlerstücke aus zweiter Hand."

Ahsoka ertrug den Gestank nicht mehr. Sie sank benommen zu Boden. Dem Trandoshaner schien das nicht aufzufallen.

„Sie suchen einen neuen Droiden?", fragte er, wobei seine gelben Augen gierig leuchteten.

„Wir suchen nach einer R2-Einheit", sagte Anakin. „Habt ihr in letzter Zeit zufällig eine reinbekommen?"

„Eine R-Serie?", fragte Gha Nachkt. „Nein, nein, schon lange nicht mehr. „R2s sind dieser Tage sehr selten. Jeder will sie für den Krieg haben."

Ahsoka mühte sich ab, wieder auf die Beine zu kommen. Sie war immer noch benommen.

„Wir haben ein paar schöne T7er", fuhr Gha Nachkt fort. „Vielleicht ein Protokolldroide für das kleine Mädchen zum Spielen?"

„Das kleine Mädchen?", protestierte Ahsoka wütend und griff nach ihrem Lichtschwert. „Das kleine Mädchen wird dir gleich zeigen ..."

Anakin legte den Arm um sie und hielt sie fest.

„Mein Schnäuzelchen hier will wirklich unbedingt wieder eine R2-Einheit haben", unterbrach er sie schnell, damit seine und Ahsokas Tarnung nicht aufflog. „Sie hat ihre letzte verloren."

„Schnäuzelchen?", murmelte Ahsoka. „Ich glaube, ich spinne."

Gha Nachkt warf einen Blick auf R3, und schon wurde das gierige Leuchten in seinen Augen heller. „Nette R3-Einheit. Wollen Sie sie nicht gegen einen C-14 tauschen?"

„Nicht in diesem Leben, Eidechse!", rief Ahsoka.

Anakin holte schnell ein paar Credits aus seinem Umhang, wobei er darauf achtete, dass der Trandoshaner sie sehen konnte. „Mal sehen, wie viel ich hier habe ..."

Gha Nachkt grinste. „Da fällt mir gerade ein … ich habe irgendwo im Lagerraum noch eine R2-Einheit vergraben."

Der Trandoshaner führte sie zum Schrottlager und öffnete die Luke. Dahinter befand sich ein riesiger Lagerraum voller Roboter, Schiffsersatzteilen und mechanischem Müll.

„Seht euch gerne um, aber seid vorsichtig", sagte Gha Nachkt. „Hier finden sich eine Menge, äh, einzigartiger Stücke."

Anakin betrat mit Ahsoka das Lager. „Keine Sorge, mein Schnäuzelchen wird mich beschützen", rief er über die Schulter.

„Bin direkt hinter dir, Großvater", spöttelte Ahsoka.

Die Luke schloss sich hinter ihnen. Ahsoka und R3 folgten Anakin tiefer und tiefer in das Lager hinein. Die unordentlichen Schrotthaufen warfen im trüben Licht unheimliche Schatten auf den Boden. Aus den Metallteilen tönten leise Piep- und Quiektöne.

Anakin bewegte die Hand und schob mithilfe der Macht einen kompletten Schrotthaufen aus dem Weg. Ahsoka keuchte auf.

Direkt vor ihnen standen vier Kampfdroiden mit zylindrischen Köpfen und starrten sie mit leuchtenden roten Augen an.

„Killerdroiden!", rief Ahsoka.

KAPITEL 4

Ahsoka rüstete sich sofort zum Kampf, bis ihr dämmerte, dass die Droiden in eine Ladestation eingesteckt waren. Glücklicherweise waren sie deaktiviert.

„Das müssen die *einzigartigen Stücke* sein, vor denen man uns gewarnt hat“, schätzte Anakin. „Diese Killerdroiden können äußerst unberechenbar sein.“

„Sie sind ausgeschaltet“, erwiderte Ahsoka prahlerisch. „Auf mich wirken sie nicht sonderlich gefährlich.“

„Für dich sieht nie etwas gefährlich aus“, konterte Anakin. „Lass dir von mir gesagt sein, dass diese Maschinen tödlich sind.“

„Piep!“, stimmte R3 zu. Anakin drehte sich um.

„R3, verbinde dich mit dem Computer und mach die Ladeliste ausfindig“, instruierte er den Droiden. „Erzwo muss hier irgendwo sein.“

„Piep! Piep!“ Der goldene Droide rollte zu einem Computerterminal, das aus der Wand ragte, und steckte sich mit seinem Interface-Arm ein. Als er sich an die Arbeit machte, erfüllte plötzlich ein hohes Pfeifen die Luft.

„Hast du das gehört?“, fragte Anakin. „Das klang wie Erzwo!“

Ahsoka war sich nicht so sicher. „Woran erkennt Ihr den Unterschied?"

„Es kam von hier unten", meinte Anakin und rannte in einen Korridor. Er führte zu einer geschlossenen Luke.

„R3, mach diese Tür auf!"

Der Droide drehte seinen Interface-Arm im Computersockel. Die Luke öffnete sich allerdings nicht, sondern die Lichter gingen an.

„Wir brauchen kein Licht", murrte Anakin ungeduldig.

„Nein, Goldie", instruierte Ahsoka R3. „Die Luke!"

Anakin zog sein Lichtschwert. „Vergiss es, ich mache es selbst."

Er zündete das Lichtschwert. Die Laserklinge warf ihr blaues Licht in den Korridor. Dann begann Anakin sich durch die Metalltür zu schneiden.

R3 drehte seinen Stecker erneut. Und dieses Mal aktivierte er die Killerdroiden! Einer der frisch aufgeladenen Droiden streckte den Arm aus und packte Ahsoka an der Hüfte.

„Meister!", rief Ahsoka.

Anakin wirbelte herum und hackte dem Droiden mit dem Lichtschwert den Arm ab. Ahsoka fiel zu Boden. Sie benutzte die Macht, um den einarmigen Droiden in einen Stapel Kisten zu schleudern.

„Goldie!", rief Ahsoka. „Schalte die Droiden ab!"

R3 ließ schnell sein Interface rotieren, aber umsonst. Die anderen drei Killerdroiden lösten sich von ihren Ladekabeln und näherten sich den Jedi. Anakin half Ahsoka schnell auf die Beine.

„Ich fürchte, R3 ist etwas schwer von Begriff", sagte er.

Die drei Killerdroiden richteten ihre Blaster auf die Jedi.

Ahsoka aktivierte ihr Lichtschwert gerade noch rechtzeitig, um einen glühenden, roten Laserblitz abzuwehren.

Die Luft schien zu brennen, als Anakin losrannte und die Laserblitze mit dem Lichtschwert auf die Droiden zurücklenkte. Das Summen von Anakins mächtiger Waffe klang wie ein Bienenschwarm. Doch den Killerdroiden machte das zurückgelenkte Feuer nichts aus. Sie hüpften auf ihren metallenen Gliedmaßen durch den Raum und wichen Anakins Gegenwehr einfach aus. Sie hängten sich an Wände und Decke und beschossen die Jedi von dort aus.

Anakin und Ahsoka blockten das Laserfeuer gekonnt ab.

„Nimm das, du Blecheimer!", rief Ahsoka.

Einer der Killerdroiden schob eine große Kiste auf Ahsoka zu. Sie schrie auf, als sie von dem Container an die Wand gedrückt wurde. Dann wandte sich der Droide mit feuerbereit erhobenem Blaster zu Anakin um.

Ahsoka befreite sich blitzschnell von der Kiste. Sie machte einen Satz in die Luft und schnitt den Droiden bei der Landung mit ihrem Lichtschwert in zwei Hälften.

„Du hattest recht mit den eigenen Erfahrungen, Großvater", witzelte sie. „Viel besser als Archivtexte."

„Gute Arbeit, aber du hast einen vergessen", sagte Anakin. Der letzte Droide erhob sich hinter ihm. Anakin hackte der Maschine, ohne sich umzudrehen, mit dem Lichtschwert den Waffenarm ab. Dann wirbelte er herum und köpfte den Killerdroiden.

Anakin wandte sich an R3. „Und du, Kurzer, du taugst gerade mal zum Lichtschalter."

R3 gab ein trauriges Piepen von sich.

„Ich bin mir sicher, dass er sein Bestes gegeben hat", verteidigte Ahsoka R3.

„Sein Bestes hätte uns fast das Leben gekostet." Anakin klang wütend. „Erzwo hätte niemals einen solchen Fehler gemacht. R3 bekommt nicht einmal diese Tür da auf."

Anakin ging wieder zu der Luke und zündete sein Lichtschwert. Er wollte sich gerade wieder an die Arbeit machen, als R3 den Stecker noch einmal drehte. Dieses Mal öffnete sich die Tür.

Anakin hoffte dahinter R2 zu finden. Doch stattdessen stand er Auge in Auge Gha Nachkt gegenüber! Der Trandoshaner sah erst überrascht, und dann wütend aus.

„Wenn Sie kein Lichtschwert hätten, wären Sie jetzt ein toter Mann!", knurrte er.

„Wo ist mein Droide?", fragte Anakin. Er richtete sein Lichtschwert direkt auf Gha Nachkt.

Ahsoka schob das Lichtschwert am Griff weg. „Meister, was tut Ihr denn? Erzwo ist nicht hier."

Anakin wurde klar, dass Ahsoka recht hatte. Er deaktivierte sein Lichtschwert und marschierte an dem Trandoshaner vorbei.

„Lass uns hier verschwinden", murmelte er Ahsoka zu.

Ahsoka und R3 folgten ihm auf seinem stürmischen Weg zur Luftschleuse. Gha Nachkt rief ihm nach: „Ich sagte doch, dass es hier hinten keine R2-Droiden gibt! Sehen Sie sich mal die Sauerei an, die Sie gemacht haben! Sie sind mir was schuldig, Jedi!"

Gha Nachkt stürmte auf die Brücke. Er sah zu, wie die *Twilight* aus der Landebucht des Schiffes flog. Dann wandte er sich einer Kontrollstation zu und legte einen Schalter um. Ein Hologramm von General Grievous erschien.

„Was ist los?", fragte der General ungehalten.

„Ich bin unterwegs zum Treffpunkt, General", krächzte Gha Nachkt. „Ich habe die Ware, nach der Sie suchen."

Hinter dem Trandoshaner öffnete sich ein verstecktes Wandpaneel. Dahinter befand sich ein kleiner Stauraum ... mit R2-D2 darin! Der Droide war mit einem Sicherungsbolzen versehen, der ihn am Weglaufen hinderte, sah aber unbeschädigt aus.

Beim Anblick des Droiden entfloh Grievous ein böses, röchelndes Kichern.

„Er muss wertvoll sein", fuhr Gha Nachkt fort. „Ein Jedi hat nach ihm gesucht. Vielleicht ist der Droide mehr wert, als wir vereinbart haben."

„Provozier mich nicht, du Abschaum", knurrte Grievous. „Du bringst mir diese R2-Einheit so schnell wie möglich hierher, oder du kannst dich auf etwas gefasst machen!"

„Aber natürlich, General", antwortete Gha Nachkt. „Ich mache nur Spaß."

Hinter ihm stieß R2 ein ängstliches Piepen aus.

KAPITEL 5

Als sie wieder an Bord der *Resolute* waren, sammelten sich Anakin und Ahsoka um ein Hologramm Obi-Wan Kenobis. Anakin erzählte seinem ehemaligen Meister, was an Bord des Schrottfrachters geschehen war.

„Wir müssen davon ausgehen, dass Erzwo in der Explosion zerstört wurde, die dein Schiff erfasst hat", sagte Obi-Wan.

„Ja, Meister", erwiderte Anakin traurig. Er konnte es immer noch nicht glauben.

Obi-Wan wandte sich anderen Dingen zu. „Unser Geheimdienst hat bestätigt, dass Grievous' Spione unsere Nachrichten abgehört haben."

„Er muss irgendwo einen geheimen Horchposten haben", vermutete Ahsoka.

Anakin nickte. „Das würde erklären, wie er unsere Flotten angreifen konnte."

„Teil deine Geschwader auf, Anakin", befahl Obi-Wan. „Finde diese Basis und vernichte sie."

Anakin schmerzte es, die Suche nach R2 aufgeben zu müssen. Aber diese Mission war wichtig. „So gut wie getan, Meister Kenobi."

„Möge die Macht mit euch beiden sein", verabschiedete sich Obi-Wan, und dann verblasste sein Hologramm.

Anakin bereitete die Klonsoldaten mit Rex' Hilfe auf den Einsatz vor. Die Piloten stiegen in ihre V-19-Jäger. Ahsoka und Rex hörten sich Anakins Plan an. Der goldene Mechdroide R3 stand hinter Ahsoka und sah zu.

„Ich durchkämme den äußeren Korridor, während sich der Rest Ihrer Schiffe auf das Zentrum konzentriert", erklärte Anakin Rex.

„Sind Sie sicher, dass Sie allein gehen wollen?", fragte der Klon-Commander.

„Ja, das bin ich", nickte Anakin. „Mehr als ein Jäger wird einfach zu viel Aufmerksamkeit auf sich ziehen."

„In Ordnung, Sir", antwortete Rex knapp. Dann ging er.

„Meister, Ihr braucht einen Droiden, der Euch bei der Navigation hilft", gab Ahsoka zu bedenken.

Anakin zeigte auf R3. „Ich glaube, der Kurze hier ist kaputt."

„Iiioooooh", heulte R3.

„Gebt ihm noch eine Chance, Meister", bat Ahsoka. „Das ist die ideale Gelegenheit für Euch und ihn, um sich … äh, näherzukommen."

R3 gab ein hoffnungsvolles Pfeifen von sich.

Anakin seufzte. „Also gut. Komm, Kurzer."

R3 rollte mit einem fröhlichen Zwitschern zu Anakins Raumjäger.

Es dauerte nicht mehr lange, da waren die V-19er startklar. Unter Anakins Führung starteten sie in den Raum um Bothawui hinaus. Jedes der Schiffe flog durch einen Hyperraum-Ring, der im Raum schwebte und der ihnen den nötigen Schwung für den Sprung in den Hyperraum verschaffte.

„Viel Glück, General", sagte einer der Klonpiloten über Comlink. „Wir sehen uns auf der anderen Seite."

„Haltet auch Ausschau nach Erzwo, wenn ihr nach dem Horchposten sucht", ordnete Anakin noch an.

„In Ordnung, Sir", antwortete der Pilot.

Anakin drückte einen Knopf, und schon zischte sein Jäger in den Hyperraum. Er war fest entschlossen, den Horchposten zu finden. Und wenn R2 irgendwo dort draußen war, dann würde er ihn ebenfalls finden.

Gha Nachkt saß auf seinem Schrottfrachter im Pilotensitz und schnarchte. Die Tür zu R2 Staufach hatte der Trandoshaner offen gelassen.

R2 scannte die Brücke des Schiffes ab. Die Luft war rein. Der Droide rollte ein Stück rückwärts und dann schnell nach vorn, direkt gegen einen Metallpfosten. Der Sicherungsbolzen fiel von seiner Hülle ab und landete klappernd auf dem Boden.

Befreit von seiner elektronischen Fessel, rollte R2 leise über die Brücke. Er musste einen Weg finden, Anakin eine Nachricht zukommen zu lassen. Er bog in den nächsten Korridor ein.

Ein dunkler Schatten warf einen furchterregenden Umriss an die Wände. R2 sah auf und schaute genau in die rot leuchtenden Augen eines Killerdroiden.

„Piep!" R2 drehte sich schnell um und rollte in die andere Richtung davon. Die Luftschleuse schien nah genug, um sie zu erreichen.

Aber der Killerdroide war ihm auf den Fersen und holte mit jedem Schritt auf.

Kurz vor der Schleusentür versteckte sich R2 schnell in

einer seitlichen Kammer. Der Killerdroide lief geradewegs daran vorbei in die Luftschleuse.

R2 rollte aus seinem Versteck und steckte seinen Interface-Arm in das Kontrollfeld der Luftschleusentür. Der Killerdroide hob seinen Blaster.

Zisch! R2 schloss die Tür, bevor der Killerdroide schießen konnte. Die Kampfmaschine piepte wütend im Innern der Schleuse. Und dann öffnete R2 die äußere Schleusentür unter den Füßen des Droiden.

„Aiiieee!", kreischte der Killerdroide bei seinem Sturz ins Vakuum des Raumes.

R2 pfiff eine Verabschiedung und rollte wieder zur Brücke. Er lief geradewegs Gha Nachkt in die Arme.

„Deinen Sicherungsbolzen hast du abgemacht, ja?", fragte der Trandoshaner. „Was hattest du denn vor?" Er streckte mit einem bösen Grinsen die Hände nach R2 aus.

Der Droide rollte ängstlich rückwärts.

Aber so furchterregend Gha Nachkt auch war, schon bald würde R2 General Grievous gegenüberstehen!

KAPITEL 6

Obi-Wan hatte Anakin ein paar Hinweise auf die mögliche Lage des geheimen Horchpostens gegeben. Anakin überprüfte auf seinem Flug durch den Hyperraum die Instrumente auf der Steuerkonsole.

„R3, hast du diese Koordinaten mit dem Suchraster abgeglichen?"

R3 antwortete aus seinem Schacht auf der Tragfläche des Raumjägers mit einem positiven Piepen.

Anakin steuerte das Schiff aus dem Hyperraum. „Also dann wollen wir mal sehen, was wir finden. Langstreckenscanner aktivieren."

„Piep!", meldete sich R3.

In diesem Augenblick begann plötzlich ein Alarm im Cockpit zu schrillen.

„Nein, nicht den Peilsender!", rief Anakin. „Schalte ihn ab, R3! Schalte ihn ab!"

Auf der *Renegade* hörten Ahsoka und Rex den Peilsender piepen. Ahsoka wandte sich erschrocken Rex zu. Anakin rief um Hilfe!

„Rex, trommeln Sie so viele Leute wie möglich zusammen!", rief sie.

„Sofort, Sir“, sagte Rex.

Anakin legte in seinem Cockpit wie wild Schalter um. „Wieso muss ich alles selbst machen?“, fragte er R3.

Endlich blieb der Peilsender still.

„Wollen wir mal hoffen, dass Grievous das nicht gehört hat“, murmelte Anakin zu sich selbst. Doch kaum hatte er die Worte ausgesprochen, kamen zwei feindliche Frachter in Sicht.

„Doch, er hat es gehört“, brummte Anakin.

„*Piep, piep!*“, gab R3 aufgeregt von sich.

Eines der Schiffe feuerte seine Laserkanone auf den Raumjäger ab.

„Zeit, zu verschwinden“, fand Anakin. Er lenkte das Schiff von den Frachtern weg. „Berechne einen Kurs weg von hier und mach den Hyperantrieb bereit!“

R3 drehte seinen Kuppelkopf hin und her. Der Droide schien verwirrt zu sein. Und dann faltete sich der Hyperraum-Ring auf, löste sich vom Schiff und schwebte in Richtung der Separatistenfrachter.

„Was machst du denn? Ich sagte bereit machen und nicht abwerfen!“

R3 versuchte schnell wieder Kontakt mit dem Hyperraum-Ring aufzunehmen, aber bevor er ihn erreichte, explodierte er unter einer Salve Laserfeuer.

Anakin grunzte frustriert. „Wo ist Erzwo, wenn ich ihn brauche?“

Nun blieb Anakin keine Fluchtmöglichkeit mehr.

General Grievous sah den Hyperantrieb von der Brücke seines Kommandoschiffes aus explodieren.

„Startet alles, was wir haben!“, befahl er.

„Sir, es ist nur ein einzelner Jäger“, gab der Captain der

Kampfdroiden zu bedenken. „Er kann uns nicht entkommen."

„Alles!", schrie Grievous.

Auf seinen Befehl hin schwärmte ein Geschwader grauer Vulture-Droidenjäger aus dem führenden Frachter. Die unbemannten Jäger verfügten über ein beeindruckendes Waffenarsenal – das komplett auf Anakin gerichtet war.

Ein Gewitter aus Laserfeuer prasselte auf Anakins Schiff. Es bebte heftig, als er sich abmühte, von den Droidenjägern wegzukommen. Der führende Vulture-Jäger startete zwei weitere Raketen. Die anderen Droidenjäger ebenso. R3 piepte eine Warnung.

„Ich weiß, ich weiß, Raketen!", schrie Anakin. Und dann fügte er leise hinzu: „Ich hasse Raketen."

Er verschaffte sich schnell einen Überblick über die Situation. Die Raketen rasten heran. Das Schiff konnte ihnen nicht schnell genug ausweichen. Es musste irgendeine andere Möglichkeit geben ...

„Wir gehen in die Offensive, R3", sagte er zu dem Droiden. „Mach dich bereit, den Antrieb abzuschalten."

R3 pfiff verdutzt.

„Bitte tu einfach, was ich dir sage!", befahl Anakin ungeduldig.

Der Mechdroide piepte wieder, und der Antrieb starb ab. Anakin riss an der Steuerung und der Jäger drehte sich einmal um die eigene Achse, sodass den feindlichen Jägern nun das Heck zugewandt war.

„Stabilisatoren aktivieren, R3", befahl Anakin.

Der Jäger drehte sich erneut und befand sich jetzt in frontaler Position zu den sich nähernden Raketen. Anakin zielte sorgfältig auf die vorderste Rakete. Er wartete auf den richtigen Augenblick, und dann …

ZAPP! Ein einzelner Laserschuss zuckte aus Anakins Schiff und traf die führende Rakete. Das Projektil explodierte in einem grellen Lichtblitz und löste eine Kettenreaktion aus, die alle anderen Raketen dahinter zerstörte.

„In Ordnung, R3", sagte Anakin. „Lass uns umkehren, bevor uns diese Jäger einholen."

R3 gab einen Piepton von sich, dessen Bedeutung klar war: „Das wird nicht klappen." Anakin eröffnete das Feuer auf die herankommenden Droidenjäger. Drei von ihnen gingen in Flammen auf und torkelten ins All davon. Dennoch waren es insgesamt zu viele. Anakin konnte es unmöglich mit allen aufnehmen.

„Wenn dieses Schiff hochgeht, dann gehst du mit hoch!", warnte Anakin R3.

„Piep, piep, piep!", regte sich der Droide auf.

„Was meinst du, die Laserkanonen funktionieren nicht?", fragte Anakin wütend.

Die Droidenjäger drangen jetzt in Schwärmen auf Anakin ein. Es gab nichts mehr, das er noch tun konnte. Er konnte nicht einmal zurückschlagen.

„Dreck", fluchte Anakin.

In diesem Augenblick explodierten die feindlichen Jäger in einem gewaltigen Blitz, der die Dunkelheit des Alls mit blendendem Licht erfüllte. Und vor Anakin schoss die *Twilight* aus dem Hyperraum und schwebte vor seinem Schiff.

„Hat jemand um Hilfe gerufen?", fragte Ahsoka über das Intercom. „Schon wieder?"

„Nur versehentlich", grinste Anakin.

Die *Twilight* feuerte auf die verbleibenden Droidenjäger.

Ahsoka öffnete von ihrem Platz im Cockpit aus die Türen zur Landebucht der *Twilight*.

„Türen zur Landebucht offen", informierte sie Anakin. „Du kommst besser an Bord."

„Ich würde ja liebend gerne, aber R3 hat ein Problem mit dem Antrieb", murrte Anakin.

„*Piep!*" R3 war beleidigt.

„R3, ist alles in Ordnung?", fragte Ahsoka in einem süßlichen Tonfall.

„*Piep, piep*", tönte R3 fröhlich. Er schien sich zu freuen, Ahsokas Stimme zu hören.

In diesem Moment erwachte der Antrieb des Delta-Jägers brüllend zum Leben.

„Seht Ihr, man muss nur wissen, wie man mit ihm redet", sagte Ahsoka. „Gebt ihm Deckung, Jungs!"

„Ja, Sir", ertönte Captain Rex' Stimme aus dem Comlink.

Die *Twilight* entlud ein Gewitter aus Laserblitzen über den Droidenjägern. Während der Feind damit beschäftigt war, dem Feuer auszuweichen, flog Anakin seinen Raumjäger schnell in die Landebucht. Die Maschine passte nur knapp hinein. Die Kanten der Tragflächen schlugen Funken, als er mit dem Schiff an den Wänden der Bucht entlangschrammte.

„Ich bin drin!", verkündete Anakin. „Und jetzt lass uns von hier verschwinden, Ahsoka."

Ahsoka drückte ein paar Tasten auf der Steuerkonsole. „Antrieb starten, Rex", ordnete sie an. „Wir fliegen direkt zwischen den Blecheimern hindurch."

Ahsoka steuerte das Schiff geradewegs zwischen die großen Frachter! Die Schiffe rückten dichter zusammen und versuchten so, sie aufzuhalten. Aus diesem Winkel konnten sie zwar ihre Waffen nicht abfeuern, aber die *Twilight* mit Leichtigkeit zerquetschen.

Anakin betrat das Cockpit.

„Danke fürs Mitnehmen. Ich übernehme jetzt …" Er unterbrach sich mitten im Satz, als er erschrocken sah, was auf den Bildschirmen passierte. „Was machst du denn?"

„Keine Zeit zum Reden", erwiderte Ahsoka.

„Das wird nicht einfach", sagte Rex.

Die *Twilight* nahm plötzlich Tempo auf und ließ die beiden Frachter hinter sich. Die großen Schiffe prallten zusammen, während die *Twilight* davonsegelte.

Ahsoka wandte sich Anakin zu und grinste.

„Jetzt habe ich Euch wieder gerettet, Meister."

„Ja, sieht so aus, als würde sich deine Ausbildung auszahlen", erwiderte Anakin.

Rex sah die Jedi an. „Können wir verschwinden, Sir?"

„Geben Sie Gas, Rex!", befahl Ahsoka.

Rex zog an einem Hebel, und die *Twilight* machte den Sprung in den Hyperraum.

General Grievous sah zu, wie das Schiff außer Sicht sprang. Er war so wütend, dass er kein Wort hervorbrachte.

„Ähm, sie sind entkommen, Sir", meldete der Captain der Kampfdroiden.

Grievous streckte die Hand aus und schlug dem Droiden auf den Kopf. Die Kampfmaschine fiel klappernd zu Boden und der General stürmte wütend von der Brücke.

Wieder hatte er eine Chance versäumt, Skywalker auszuschalten. Aber der Droide des Jedi war unterwegs zu ihm. Schon bald würde er den Droiden in den Händen halten … mit all den Geheimnissen, die er in sich barg.

GENERAL GRIEVOUS

Der gnadenlose Cyborg General Grievous ist ein außerordentlich fähiger Oberbefehlshaber der Droidenarmee der Separatisten und hat es sich zur persönlichen Aufgabe gemacht, den Jedi-Orden auszulöschen. Grievous ist ein biologisches Wesen, dessen Körper teilweise durch Roboterteile ersetzt wurde, die ihm übermenschliche Kräfte und Schnelligkeit verleihen. Obwohl er nicht machtsensitiv ist, können sich seine Kräfte dennoch mit denen eines Jedi-Ritters messen.

Heimatplanet: Kalee

Spezies: Kaleesh

Geschlecht: Männlich

Körpergröße: 2,15 m (voll aufgerichtet)

Waffen: Lichtschwert, Blasterpistolen, Schocklanze

Zugehörigkeit: Separatisten-Allianz

Commander Cody erstattet bei Anakin Skywalker und Obi-Wan Kenobi Meldung

General Grievous macht sich bereit für die Invasion

Commander Cody und Captain Rex

Die Rückeroberung des Außenpostens

Kampfdroiden im Angriff

Hevy an der Vierlingskanone

Grievous ist unzufrieden

Rex rekrutiert die jungen Klone für die 501. Division

DER FALL EINES DROIDEN

Die Separatisten-Fregatte explodiert

Anakin und R2-D2 bereiten sich auf ihre Missionen vor

Grievous ist bereit

Grievous' Verfolgung

Die MagnaGuard-Droiden transportieren R2-D2 ab

Anakin in seinem Starfighter

Anakin und R2-D2 bekommen einen Treffer ab

Ahsoka stellt R3-S6 vor

Ahsoka steckt in Schwierigkeiten

R2-D2 und der böse R3-S6

R3-S6 greift an ...

... kann es aber mit R2-D2 nicht aufnehmen

Ahsoka freut sich, R2-D2 zurückzuhaben

Grievous flüchtet geschlagen

GRIEVOUS' VERSTECK

Nahdar Vebb und Kit Fisto kommen bei Grievous' Versteck an

Grievous greift Kit Fisto an

Nahdar und Kit Fisto kämpfen gegen Grievous

Grievous wird niedergeschlagen

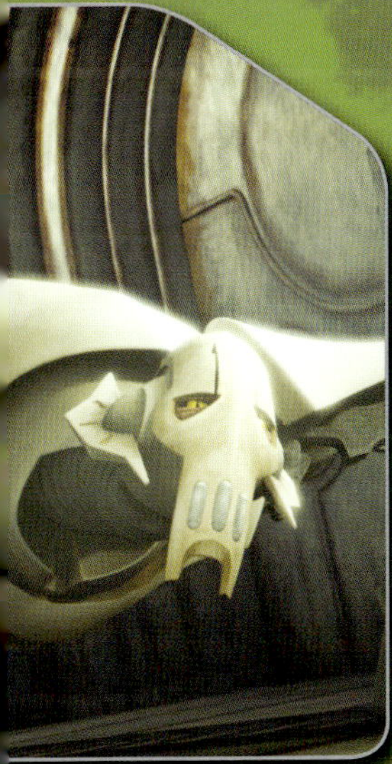

Ein Klon wird geschnappt

Grievous' Haustier Gor

Nahdars letzter Kampf

Kit schlägt zurück

KAPITEL 7

Als sich die *Twilight* sicher außerhalb von Grievous' Reichweite befand, nahm Anakin die Suche nach dem geheimen Horchposten wieder auf. Ahsoka, R3 und Rex hingen über den Scannerschirmen im Cockpit.

„Wir haben uns ihr gesamtes Versorgungsnetzwerk angesehen, Sir", sagte Rex zu Anakin. „Es gibt nirgendwo einen Hinweis auf einen feindlichen Außenposten."

Ahsoka hielt sich einen Kopfhörer ans linke Ohr. R3 hatte seinen Interface-Arm in eine Konsole neben ihr gesteckt und hörte den umliegenden Weltraum nach Geräuschen ab.

„Meister, ich empfange eine seltsame Übertragung", verkündete Ahsoka. „Ich verstehe allerdings überhaupt nichts."

Anakin betätigte einen Schalter auf der Kontrollkonsole, und schon erfüllte ein leises Geräusch das Cockpit.

„Lautstärke anheben, Goldie", wies Ahsoka R3 an.

Der Droide drehte seinen Arm, wodurch das Geräusch leiser, statt lauter wurde.

„Nein, du verlierst es", rief Anakin. Er betätigte einen zweiten Schalter, und das Geräusch schnarrte lauter aus dem Lautsprecher. Es handelte sich um das unverkennbare Piepen eines Astromechdroiden.

„Piep, piep, piep ...“

„Das ist Erzwo!“, rief Anakin.

„Klingt aber nicht wie Erzwo“, sagte Ahsoka skeptisch.

Doch Anakin war sich sicher. „Er ist es. Diese Stimme erkenne ich unter Tausenden. Anpeilen, Rex!“

„Jawohl, Sir!“, antwortete Rex. Er wandte sich einem Bedienfeld an der Konsole zu.

„Meister, unser Auftrag lautete, den Horchposten der Separatisten zu finden“, erinnerte Ahsoka Anakin.

Rex sah von seinem Datenschirm auf. „Wir haben die Position des Droiden ermittelt, Sir.“

Anakin setzte sich aufgeregt in den Pilotensitz. „Bereit zum Sprung an diese Koordinaten.“

Rex nickte. „Jawohl, Sir!“

Anakin blickte durch die Frontscheibe hinaus zum sternenübersäten All.

„Halte durch, Erzwo, alter Kumpel. Halte durch, wir kommen.“

Anakin wendete die *Twilight* und das Schiff machte den Sprung in den Hyperraum.

Gha Nachkts Schrottfrachter, die *Vulture Claw*, flog langsam durch den Raum zum Planeten Ruusan. Eine Gruppe von Monden hing im Orbit um den Planeten.

Gha Nachkt saß an der Steuerkonsole und sprach mit einem Hologramm General Grievous'.

„Ich trete jetzt in Ihren Orbit ein, General“, sagte das reptiloide Geschöpf. „Ich werde in Kürze bei der Station sein.“ Sein breites Maul verzog sich zu einem gierigen

Grinsen. „Und, General, ich ziehe es vor, meine Belohnung in bar ausbezahlt zu bekommen."

Grievous reagierte mit einem wütenden Grollen. Gha Nachkt stellte den Holoprojektor ab.

In der Ecke des Raumes versuchte R2 einmal mehr, eine Nachricht an Anakin zu senden. Er hatte ein Loch in die Wandverkleidung geschnitten und sich in eine Computerschnittstelle eingesteckt, die er dahinter gefunden hatte. Nervös setzte er eine Nachricht über die Sendeschüssel des Schiffes ab.

Doch Gha Nachkt bemerkte schnell, dass etwas nicht stimmte. Er hörte das Signal von seiner Konsole. Als er es an einem Bedienfeld abschalten wollte, funktionierte es nicht.

„Was läuft hier?", fragte er wütend. Er wandte sich dem Schiffscomputer zu. „RO-Z, was ist mit dir los?"

Und dann erkannte Gha Nachkt, was vorging. Er wirbelte herum und starrte R2 finster an.

„Ich kann nur hoffen, dass du all die Mühe wert bist, du hinterhältiger, kleiner Schrotthaufen", schimpfte er. Dann schlurfte er zu der kleinen Kammer und versetzte R2 einen Hieb mit einem Schockknüppel.

„Piep!", rief R2, als der elektrische Schlag ihn durchfuhr.

Gha Nachkt lachte nur. Schon bald würde er reich sein. Und der Droide wäre kein Problem mehr für ihn.

Die *Vulture Claw* erreichte die Geheimbasis der Separatisten. Die Station namens *Skytop* hing in der oberen Atmosphäre eines Ruusan Mondes, verborgen in den Wolken. Gha Nachkt landete sein Schiff und scheuchte R2 schließlich zum Decodierungszentrum der Station, wo anscheinend General Grievous zu finden war.

R2 drehte seinen Kuppelkopf hin und her, um so viel wie möglich in Erfahrung zu bringen. Sechs Aqualish-Techniker saßen an Holo-Stationen und entschlüsselten Nachrichten der Republik. Die Aqualish waren in der Galaxis ziemlich weit verbreitet. Sie waren humanoid, hatten aber spinnenähnliche Köpfe. Ihre Gesichter bedeckten grobe Haare. Jeder von ihnen verfügte über zwei große, hervorquellende Augen, unter denen wiederum zwei kleinere Augen saßen. Auffallende, nach unten gerichtete Reißzähne hingen über ihre kleinen Münder.

Gha Nachkt versetzte R2 einen weiteren Stromstoß. „Nicht stehen bleiben, Schmierdose."

Einer der Aqualish wandte sich zu R2 um und zischte ihn im Vorbeigehen an. R2 reagierte mit einem rüden Geräusch.

Und dann stand R2 plötzlich General Grievous gegenüber. Er piepte nervös.

„Dies ist der Droide, nach dem die Jedi gesucht haben, General", stellte Gha Nachkt den Astromech vor.

General Grievous beugte sich zu R2 hinunter. „Welche Geheimnisse trägst du in dir, mein kleiner Freund?", fragte er mit bedrohlicher Stimme.

„Piep!", sagte R2 wütend.

Grievous kicherte. „Wie aufmüpfig er ist! Keine Angst, wir sind alle Droiden hier." Er wandte sich an Gha Nachkt. „Reißen Sie diesen Kümmerling auseinander, und finden Sie alles heraus, was er weiß!"

R2 wich schnell zurück, wobei er über Gha Nachkts Fuß rollte. Der Trandoshaner grunzte. „Sofort, General."

Zapp! Er versetzte R2 noch einen Stromstoß und führte ihn in den hinteren Bereich des Raumes. Der Droide piepte aufgebracht. Eine finster aussehende Maschine erwartete ihn.

Es war ein Droidenzerleger!

KAPITEL 8

Die *Twilight* schoss aus dem Hyperraum und flog auf die von Wolken bedeckten Monde Ruusans zu. Ein Klonpilot steuerte das Schiff, während Rex auf einer Konsole eine Karte des Planetensystems studierte. Anakin und Ahsoka sahen ihm dabei über die Schulter.

„Sir, die letzte Übertragung kam aus der oberen Atmosphäre des Mondes direkt vor uns“, berichtete Rex.

In diesem Moment erschien plötzlich das Bild einer Kampfkugel auf Rex' Scanner.

„Das ist eine Kampfkugel der Separatisten!“, rief Anakin.

„Ich empfange eine Menge verschlüsselter Funksprüche“, sagte Ahsoka.

„Nimm Kontakt mit Obi-Wan auf“, instruierte Anakin sie. Er wandte sich an R3. „Geheimverschlüsselung mit Code 1–4–7–7. Ich will nicht, dass diese Station das mithören kann.“

R3 steckte seinen Interface-Arm in die Kommunikationskonsole, und eine Sekunde später erschien ein Hologramm Obi-Wans vor ihnen.

„Anakin?“, fragte Obi-Wan.

„Wir denken, dass wir Euren Separatisten-Horchposten gefunden haben", meldete Anakin.

„Ausgezeichnete Arbeit!", lobte ihn der Jedi. „Haltet euch zurück und wartet. Ich schicke euch zwei schwere Kreuzer, um die Station zu vernichten."

„Aber Erzwo ...", begann Ahsoka besorgt.

„Wir glauben, dass Erzwo an Bord ist", erklärte Anakin. „Er ist derjenige, der uns hierhergeführt hat."

Obi-Wan runzelte die Stirn. „Hmmm. Das verkompliziert die Lage. Du musst dich an Bord der Station schleichen und den Droiden zerstören, bevor sie Erzwos Speicherbank knacken."

Anakin machte ein unglückliches Gesicht. Er wollte R2 retten, nicht ihn vernichten.

„Ich weiß, dass dir dieser Droide ans Herz gewachsen ist, aber er ist in feindliche Hände gefallen", bemerkte Obi-Wan.

„Ich könnte ihn retten", erwiderte Anakin.

„Nein, dies ist keine Rettungsmission!", unterbrach ihn Obi-Wan.

Und dann verschwand sein Hologramm einfach. Anakin wandte sich dem Klonpiloten zu.

„Stören Sie weiter ihre Scanner. Wenn sie uns entdecken, sind wir erledigt."

Anakin starrte auf die riesige Kampfkugel, die auf dem Scannerschirm zu sehen war. Irgendwo dort draußen war R2. Anakin kannte seine Anweisungen von Obi-Wan, aber er wusste, was er zu tun hatte. Er würde diese Station vernichten und R2 dennoch retten.

Anakin klärte die Besatzung schnell über seinen Plan auf. Alle versammelten sich im Frachtraum des Schiffes, wo

Anakins Raumjäger verstaut war. Rex und vier Klonkrieger machten ihre Blaster zum Kampf bereit. Anakin packte vier Thermodetonatoren in einen Rucksack und warf ihn sich über die Schulter.

Ahsoka befestigte einen Tragegurt an R3. Rex sah sie fragend an. „Soll der Droide mit?“, fragte er.

„Wir brauchen Goldie dafür, dass er uns gesicherte Zugänge öffnet. Außerdem soll er uns Zugang zum Computer der Station verschaffen“, erklärte Ahsoka. „Ach so, Rex, und *Sie* müssen ihn tragen.“

„Na, das ist ja super“, murmelte Rex.

Die *Twilight* flog durch die Wolken, bis sie über der Station schwebte. Das Heckschott öffnete sich. Ahsoka sah zu den wirbelnden Wolken hinunter und grinste.

„Folgt mir, Jungs!“, rief sie und sprang aus dem Schiff.

Ahsoka breitete die Arme weit aus und stürzte auf die Station zu. Über ihr folgten Anakin, die vier Klonsoldaten und Rex, der sich R3 vor die Brust geschnallt hatte.

Die Wolken teilten sich schon bald und die Station kam in Sicht. Ahsoka und die anderen aktivierten ihre Raketenpacks. Sie bremsten ab und landeten auf der Außenhülle. Rex, der mit dem Gewicht des schweren Droiden zu kämpfen hatte, fiel beinahe vornüber. Die anderen Klonkrieger kicherten.

„Das nächste Mal schleppt einer von euch diesen Astromech in der Gegend herum“, knurrte Rex.

Anakin zündete sein Lichtschwert und schnitt ein Loch in die Hülle. Ahsoka nahm R3 das Tragegeschirr ab, und die ganze Gruppe stieg in die Geheimstation hinunter.

Vor ihnen lag ein Korridor, an dessen Ende zwei Kampfdroiden Wache standen.

„Diese Feuchtigkeit lässt meine Servomotoren rosten", beschwerte sich einer der Droiden.

„Geh hoch zu Ebene acht und lass dir den Kopf justieren", schlug der andere Droide vor. „Fühlt sich toll an."

„Das klingt großar..." Bevor der Kampfdroide den Satz vollenden konnte, hatte sich einer der Klonkrieger von hinten angeschlichen und ihm mit einem Ruck den Kopf abgedreht. Der andere Droide wandte sich um.

„He!", rief der Kampfdroide.

Rex schoss ihn in Stücke, bevor er irgendetwas unternehmen konnte. Danach gab er Anakin und Ahsoka das Zeichen, dass die Luft rein war. Sie liefen gemeinsam den Korridor entlang und blieben vor einem Computerterminal stehen.

„Also dann, Kurzer, an die Arbeit", instruierte Anakin R3.

Der Droide verband sich mit dem Computer und sein Interface-Arm begann sich zu drehen. Ein Hologramm der *Skytop*-Station baute sich vor ihnen auf. Captain Rex deutete auf ihre momentane Position genau im Zentrum der Kugel.

„Wir sind hier", sagte er. „Die Reaktoren liegen dreißig Ebenen unter uns."

„Ahsoka, du nimmst die Truppen mit und sprengst diese Reaktoren", ordnete Anakin an. „Die Schwerkraft wird den Rest erledigen. Wir treffen uns in der Landebucht."

Er gab Ahsoka den Rucksack mit den Thermodetonatoren. Sie hob eine Augenbraue und lächelte.

„Und wo geht Ihr hin?", fragte sie.

„Ich sehe mich nur etwas um", antwortete Anakin scheinheilig.

Er rannte den Korridor entlang. Ahsoka warf sich den Rucksack mit dem Sprengstoff über die Schulter.

„Ich hoffe, Ihr findet Erzwo in einem Stück!“, rief sie ihrem Meister nach.

Anakin schüttelte den Kopf. „Mach dich auf den Weg, Snips!“ So nannte Anakin seinen weiblichen Padawan manchmal, wenn niemand in der Nähe war.

KAPITEL 9

Ahsoka wandte sich an Rex und die Klonkrieger.

„Sieht so aus, als wäre es jetzt unsere Aufgabe, diesen Einsatz erfolgreich zu Ende zu bringen“, seufzte sie. „Wie üblich.“

Sie rannten in die andere Richtung des Korridors. R3 fiel zurück, ohne dass es Ahsoka auffiel. Er zog sich in eine Nische zurück und fuhr seine Antennenschüssel aus. Ein kleines Hologramm von General Grievous erschien in der Luft vor ihm.

„*Piep, piep, piep*“, berichtete R3.

„Die Jedi sind hier?“, rief der General erregt. „Halte sie auf, bis ich da bin!“

„Goldie, wo bist du?“, rief Ahsoka.

R3 klappte schnell seine Antenne zusammen, denn er wollte keinesfalls erwischt werden. Er rollte aus seinem Versteck hervor und Ahsoka direkt vor die Beine.

„Was machst du denn hier hinten?“, fragte sie. „Komm schon!“

R3 rollte voraus. Ahsoka war perplex. Der Droide verhielt sich eigenartiger als sonst. Doch ihr fehlte die Zeit, sich darüber den Kopf zu zerbrechen.

Sie musste eine Raumstation in die Luft sprengen.

General Grievous brüllte im Decodierungsraum einem der Aqualish-Techniker einen Befehl zu. „Alarm auslösen!"

Der Techniker verneigte sich und rannte davon.

Nebenan war R2 in den Droidenzerleger geschnallt. Sein Metallkörper stand bereits weit offen, und an seinen Innereien waren Kabel und Drähte befestigt. Seinen kuppelförmigen Kopf hatte man entfernt. Und all die Kabel führten zu einer Kontrollkonsole, an der Gha Nachkt stand.

Der Trandoshaner drückte eine Taste auf dem Bedienfeld, und im selben Moment piepte R2 vor Schreck auf. Sein Holoprojektor wurde aktiviert und vor ihm wurde eine umfangreiche Reihe Bilder in die Luft projiziert: Baupläne, Diagramme, Sternkarten und andere Dokumente, aus denen die Schlachtpläne der Republik abzulesen waren.

Gha Nachkt riss die Augen auf. „Das ist ja ... das ist ... General Grievous!"

Der General stapfte herüber. „Was ist?"

Gha Nachkt nickte in Richtung der Geheimnisse, die da unablässig von R2 dargestellt wurden.

„Es scheint, als wäre der Speicher dieses Droiden niemals gelöscht worden", erklärte er. „Er enthält jede einzelne Kampfformation und Strategie, die sie haben."

„Gute Arbeit", lobte Grievous. „Dieses Mal haben Sie auf jeden Fall Ihre Belohnung verdient."

„Mehr als meine Belohnung", krächzte Gha Nachkt gierig. „Dieser Droide ist mehr wert, also bekomme ich auch mehr. Ich schlage vor ..."

Doch bevor der Schrotthändler seinen Satz beenden konnte, schoss Grievous mit einem Droidenblaster auf ihn. Der Treffer schleuderte Gha Nachkt rückwärts gegen eine Schottwand.

Der General kicherte böse. „Da hast du deine Belohnung."

Er ging näher an R2 heran. „Du wirst mir jetzt alle deine Geheimnisse übertragen."

R2 konnte sich nicht wehren. Er versuchte zu pfeifen, bekam jedoch nur ein erschöpftes Surren zustande.

„Keine Sorge", sagte Grievous. „Ich lasse nicht zu, dass dir irgendetwas zustößt."

In diesem Moment begann ein lauter Alarm durch die gesamte Station zu hallen. Vier MagnaGuard-Droiden stürmten in den Raum und umstellten Grievous. Die Elite-Leibwächter des Generals sahen um einiges bedrohlicher aus als übliche Droiden. Jeder von ihnen trug eine Lanze, deren beide Enden kräftige Energiestöße abgeben konnten.

„Truppen der Republik sind in die Basis eingedrungen", informierte Grievous sie. „Sichert diesen Droiden."

„Ja, Sir", erwiderte einer der MagnaGuard-Droiden. Sie flankierten R2.

Grievous stürmte aus dem Decodierungsraum. Er konnte jetzt davon ausgehen, dass sich der Droide in sicherem Gewahrsam befand. „Um die Jedi kümmere ich mich persönlich."

KAPITEL 10

Ahsoka und Rex arbeiteten sich schnell zum Generatorensaal vor.

„Wir haben den Reaktorsaal gefunden, Sir", informierte Rex Anakin über Comlink. „Der Alarm hat allerdings eine zusätzliche Sicherheitstür ausgelöst. Sie ist von einem Strahlenschirm geschützt."

Ahsoka sah zu dem leuchtenden Schild vor der Tür hinüber. „Daran vorbeizukommen, könnte eine Weile dauern."

„Viel Glück dabei", wünschte ihr Anakin. „Ich bin unterwegs, um Erzwo zu finden."

Ahsoka nickte R3 zu. „Los, mach mir keine Schande."

R3 verband sich mit dem Kontrollfeld der Tür und machte sich an die Arbeit.

„Jetzt wird's brenzlig", sagte Rex.

Er stand mit den vier Klonsoldaten Wache, während R3 versuchte, die Tür zu öffnen. Im Korridor erklang das Geräusch näher kommender Super-Kampfdroiden. Die Soldaten hoben ihre Waffen.

„Diese Droiden sind auf dem Weg zu uns, Sir", sagte Rex besorgt zu Ahsoka. „Denken Sie, dass R3 die Tür bald aufbekommt?"

„Er arbeitet daran“, antwortete Ahsoka. „Geduld, Captain.“

Jetzt ertönten auch aus einer anderen Richtung metallene Schritte. Man griff sie von allen Seiten an! Die Truppen repositionierten sich, sodass je zwei Wachen pro Zugang postiert waren.

„Ich kann die Tür jederzeit kurzschließen, Sir“, schlug einer der Soldaten, ein Klon namens Denal, vor.

Ahsoka warf dem Klon einen verärgerten Blick zu. Doch Denal hatte recht. R3 brauchte einfach zu lange.

„Beeil dich, Goldie“, drängte sie.

R3 piepte und drehte sein Interface, doch der Schild hielt. Und dann erschien eine Gruppe von Kampfdroiden am Ende des Korridors.

„Ich glaube, uns läuft die Zeit davon“, sagte Rex.

„Feuer frei!“, rief der Droiden-Commander.

Die Droiden eröffneten das Feuer. Gleißend rote Blitze zuckten aus den Mündungen ihrer Laserwaffen. Die Klone drückten sich an die Wände und erwiderten das Feuer. Dann kamen die Laserblitze auch aus der anderen Richtung. Ahsoka zündete ihr Lichtschwert und griff die Droiden an. Sie lenkte gekonnt die auf R3 und Rex gerichteten Schüsse ab.

In diesem Moment fuhr *noch* eine Tür vor der Sicherheitstür herunter. R3 bekam gar nichts auf – er machte alles nur noch schlimmer! Rex warf Ahsoka einen finsteren Blick zu, den diese nur schuldbewusst erwiderte. Aber jetzt blieb keine Zeit, um sich mit R3 auseinanderzusetzen.

Vier Super-Kampfdroiden marschierten direkt auf sie zu. Diese massiveren, stärkeren Droiden hatten schwere Brustplatten und eingebaute Doppel-Laserkanonen. Sie schossen auf Ahsoka und die Klone.

„Rex, Droiden-Poppers, jetzt!", rief Ahsoka. Sie meinte die EMP-Granaten, die für einen Droiden verheerend waren.

„Droiden-Poppers!", wiederholte Rex.

Die Soldaten nahmen jeder eine EMP-Granate vom Gürtel und rollten sie in Richtung der Super-Kampfdroiden. Die Maschinen waren zwar kräftig, aber nicht sonderlich fähig. Sie schossen auf die rollenden Granaten, verfehlten sie aber komplett.

Als die Granaten vor den Droiden zum Liegen kamen, sprangen sie in die Luft und stießen einen elektromagnetischen Impuls aus. Der plötzliche Energiestoß brachte die Schaltkreise der Super-Kampfdroiden zum Durchschmelzen. Die Maschinen sackten rauchend zu Boden.

Als die nächste Granate auf einen der Droiden zurollte, hob der sie auf und betrachtete sie neugierig.

Plopp! Die EMP-Granate ging hoch und erledigte auch diesen Kampfdroiden.

Der Droidenangriff war vorüber. Und R3 hatte endlich die Tür zum Generatorensaal geöffnet. Ahsoka und die Klone gingen hinein und wollten sich schon bereit machen, die Sprengladungen zu platzieren.

Doch stattdessen wurden sie von General Grievous erwartet.

„Sie haben ein kleines Mädchen geschickt, um meine Station zu vernichten?", spottete er. „Der Republik müssen die Jedi ausgehen."

„Du musst Grievous sein", sagte Ahsoka.

Der General lachte und ein Hustenanfall schüttelte ihn.

„Er ist auch nur ein Blecheimer, Jungs", sagte Ahsoka tapfer. „Los, verarbeiten wir ihn zu Schrott wie die anderen auch!"

Sie zündete ihr Lichtschwert und lief auf Grievous zu. Doch die grüne Laserklinge traf auf Grievous' blaues Lichtschwert. Der Aufprall schleuderte Ahsoka rückwärts.

Die Luft erfüllte sich mit lilafarbenem Blasterfeuer, als die Klone auf Grievous zu schießen begannen. Der General lenkte die Laserblitze brüllend mit seinem Lichtschwert ab. Die Strahlen trafen einen der Klonkrieger, der schreiend zusammenbrach.

Grievous drang auf sie ein und streckte dabei zwei weitere Klonsoldaten mit geschickten Hieben seines Lichtschwerts nieder. Dann versetzte er Rex einen Tritt und schleuderte ihn gegen Denal. Beide stürzten zu Boden. Der General hob das Lichtschwert und bereitete sich darauf vor, Rex den Rest zu geben.

Ahsoka sprang auf die Beine und rannte los. Sie blockierte den Hieb in letzter Sekunde mit ihrem Lichtschwert.

„Tut mir leid, dass ich deine Spielerei unterbrechen muss, Brummbär, aber wie wäre es mal mit einer richtigen Herausforderung?“, spöttelte sie.

„Und wer soll das sein?“, fragte Grievous ebenso spöttisch. „Du etwa?“ Er warf seinen Umhang zurück und enthüllte ein zweites Lichtschwert. Dann sprang er mit einem Satz auf Ahsoka zu. Sie begriff schnell, dass sie es nicht mit ihm aufnehmen konnte und sprintete durch den Korridor davon.

R3 rollte ihr nach, überholte sie und piepte, um ihre Aufmerksamkeit auf sich zu ziehen. Ahsoka folgte dem Droiden durch eine Tür. General Grievous holte auf. Abrupt blieb er stehen und sprach in seinen Comlink.

„Alle Einheiten in höchster Alarmbereitschaft bleiben!“, befahl er. „Haltet nach einem zweiten Jedi Ausschau, der irgendwo in der Station unterwegs ist. Und bringt die gefangene R2-Einheit auf mein Schiff."

Grievous betrat den Raum, in den Ahsoka geflohen war. In dem Lagerraum türmten sich Getriebe, Zahnräder und andere Maschinenteile. Zwischen den Stapeln verliefen schmale Durchgänge, und das Dämmerlicht warf lange Schatten.

„Wo ist der Kampf, den du mir versprochen hast, junges Ding?", fragte Grievous.

Ahsoka versteckte sich hinter einem Pult und versuchte fieberhaft, einen Plan zu schmieden. Sie erhob ihre Hand und benutzte die Macht, hob so ein nahe stehendes Werkzeug an und schleuderte es an die Wand auf der anderen Seite des Raumes. Der Trick funktionierte und täuschte Grievous, wie sie es sich erhofft hatte. Er stampfte in Richtung des Geräusches davon.

In diesem Moment begann Ahsokas Comlink zu blinken. Sie drückte einen Knopf und hörte Rex' Stimme.

„Ahsoka, hier Rex. Wir sind nur noch zu zweit. Sollen wir die Mission abbrechen?"

„Nein, Mission zu Ende bringen!", flüsterte Ahsoka. „Sprengsätze platzieren und zum Treffpunkt in der Landebucht kommen."

„Aber Sir!", protestierte Rex.

„Das ist ein Befehl, Rex! Ich halte den General auf Trab. Ahsoka Ende." Sie schaltete den Comlink schnell aus und hörte im selben Moment, wie Grievous durch den Lagerraum stapfte.

„Komm hierher, Kind", rief er mit dunkler Stimme. „Ich suche dich. Bis jetzt hast du mich noch nicht sonderlich beeindruckt."

Die Stimme kam näher. Ahsoka verließ ihr Versteck, um

sich ein neues zu suchen. Und zu ihrer Überraschung sah sie R3 in aller Öffentlichkeit durch einen der Gänge rollen!

„Goldie!", zischte sie. „Hierher!"

R3 drehte den Kopf in Ahsokas Richtung.

„PIEP!" Sein Scheinwerfer ging an und beleuchtete Ahsoka.

„Goldie, nein!", schrie sie.

In diesem Moment fuhr vor ihr eine blaue Lichtschwertklinge nieder. Ahsoka versuchte ihr auszuweichen, doch sie streifte ihr Handgelenk und schlug ihr den Comlink aus der Hand.

„Ahsoka, wir sind im Reaktorsaal", erklang Rex' Stimme über Comlink.

Grievous zertrat das kleine Gerät mit seinem Metallfuß.

„Deine Freunde können dir nicht helfen. Von mir kommst du nicht mehr weg!"

Ahsoka bewegte sich geduckt unter eine Konsole und rannte in den nächsten Durchgang. Grievous drehte sich um und lief ihr kichernd nach.

Jetzt konnte ihm das junge Mädchen nicht mehr entwischen!

Die MagnaGuard-Droiden trugen R2 aus dem Decodierraum zu einem Turbolift. Der Droide war noch zerlegt, dennoch hatte er genügend Energie für ein schwaches Piepen übrig.

Anakin hörte seinen Freund und rannte los. „Erzwo!", rief er.

Er zündete das Lichtschwert und sprintete durch den Raum. Dann öffnete sich die Turbolifttür und drei Super-Kampfdroiden kamen heraus!

Die MagnaGuards gingen an ihnen vorüber in die Liftkabine, während die Kampfdroiden das Feuer auf Anakin eröffneten.

„Halte durch, Erzwo!“, rief Anakin.

Er lenkte die Blitze aus den Laserkanonen mit seinem Lichtschwert ab. Im selben Moment streckte R2 seinen Greifarm aus und hielt sich am Türrahmen des Turbolifts fest, doch einer der MagnaGuards packte zu und riss ihn wieder los. Anakin streckte den letzten Super-Kampfdroiden nieder, aber zu spät. Die Tür schloss sich vor ihm.

R2 stieß ein hohes Heulen aus, als der Turbolift durch die Station raste. Am Ziel angekommen, öffneten sich die Türen und die MagnaGuards wollten R2 aus dem Aufzug tragen.

Aber in diesem Moment erklang über ihnen ein zischendes Geräusch, und sie sahen nach oben. Ein Stück der Kabinendecke fiel ihnen vor die Füße. Anakin schwang sich in den Aufzug hinunter und zündete sein Lichtschwert.

„Ihr habt etwas, das mir gehört“, sagte er kühl.

Die MagnaGuards ließen R2 einfach fallen und wirbelten mit ihren Elektrolanzen herum. R2 zündete die Raketendüsen, flog in Sicherheit und begann eilig damit, sich wieder zusammenzubauen.

Die MagnaGuards hatten Anakin umstellt. Sein Lichtschwert zuckte mit schneller Präzision durch die Luft. Eine der Lanzen fiel zu Boden. Und dann hackte Anakin dem zugehörigen Droiden mit einem schnellen Hieb die Beine ab.

Er wandte seine Aufmerksamkeit dem anderen Wachdroiden zu. Mit drei flinken Schlägen schlug er ihm die Arme ab und schnitt ihn an der Hüfte durch.

Der erste MagnaGuard griff nach Anakin. In diesem Moment rollte R2 heran und versetzte dem Droiden einen Elektroschock mit seinem Greifarm.

„Danke, Erzwo“, grinste Anakin.

„Piep!“, machte R2. Der Ton klang glücklich und erschöpft zugleich.

R2 Kuppel saß nicht richtig, und Anakin rastete sie schnell ein. „Ich freue mich, dich zu sehen, Kumpel. Du siehst nicht sonderlich gut aus. Alles in Ordnung?“

„Piep!“

Ein Knistern drang aus Anakins Comlink. Anakin nahm das Gerät und hob es an den Mund. „Rex, können Sie mich hören? R3? R3, bist du das? Ich habe Erzwo. Wir sehen uns in der Landebucht.“

Bei der Erwähnung eines anderen Mechdroiden piepte R2 fragend.

„R3? Ach ja, ich musste einen Ersatzdroiden haben. Tut mir leid, Erzwo.“

R2 drehte beleidigt seine Kuppel von Anakin weg und gab einen eifersüchtigen Piep von sich.

„Es war Obi-Wans Idee“, rechtfertigte sich Anakin. „Lass uns später darüber sprechen.“

R2 wandte sich wieder Anakin zu. Er fuhr mit einem gehorsamen Piepen seine Antennenschüssel aus und setzte ein Signal an die *Twilight* ab.

„*Twilight*, hier Skywalker“, sagte Anakin. „Sofortiges Rendezvous an der südlichen Landebucht für Evakuierung.“

„Bestätigt, General“, meldete der Klonpilot. „Ich bin unterwegs.“

Anakin und R2 machten sich in aller Eile auf zum Südpol der Station.

KAPITEL 11

Ahsoka versteckte sich unter einem alten Ausrüstungsteil in der Hoffnung, dass Grievous sie hier nicht finden würde. Doch dann hörte sie die Stimme des Generals.

„R3, was hast du zu berichten?"

R3 antwortete mit einer Reihe von Piep- und Pfeiflauten. Ahsoka war schockiert. Der goldene Mechdroide war ein Verräter!

„Dieser miese kleine Überläufer!", murmelte sie wütend.

„Skywalker ist also gekommen, um seine R2-Einheit zu finden?", fragte Grievous. „Hä, hä. Geh und sieh zu, dass sie nicht entkommen."

„Piep!", gab R3 zurück. Dann rollte er zum Ausgang. Ahsoka kniff wütend die Augen zusammen.

Sie musste Anakin irgendwie warnen.

Anakin und R2 kamen gerade in die Landebucht, als die *Twilight* vor ihnen aufsetzte.

„Na toll, da ist unser Schiff, aber wo sind die anderen?", fragte sich Anakin.

Der Klonpilot der *Twilight* stieg aus und salutierte vor Anakin. „Sir!"

Hinter ihnen an der Hangarwand öffnete sich die Turbolifttür und R3 rollte heraus.

„He Kurzer, wo ist Ahsoka?", fragte Anakin.

R3 ignorierte Anakin und rollte einfach an ihm vorbei. An R2 richtete er noch ein unhöfliches Piepen. Er blieb an einem Computerterminal an der Wand stehen und steckte sich ein.

„General Skywalker!"

Anakin drehte sich um und sah Rex und den Klonsoldaten Denal durch einen Seiteneingang in den Hangar humpeln.

„Sprengsätze angebracht, Sir", berichtete Rex. „Einsatzziel erreicht."

„Wo ist Ahsoka?", fragte Anakin.

„Sie befindet sich im Kampf mit General Grievous", informierte ihn Rex.

Anakin erschrak. „Allein?" Grievous war im Zweikampf um einiges erfahrener als Ahsoka, auch wenn er ein keuchender Schrottmetallhaufen war.

„Sie hat ihn abgelenkt, während wir die Mission ausführten", erklärte Rex. Er sah deutlich, wie beunruhigt Anakin war. „Wir haben auf ihren Befehl hin gehandelt, Sir. Der Droide war bei ihr."

„Wir müssen sie finden", stieß Anakin hervor. „Kurzer, finde Ahsokas Aufenthaltsort heraus!"

R3 ignorierte Anakins Befehl.

„Ich kann Sie zu ihr bringen, Sir", bot Rex Anakin an. Er lief zu der Seitentür, doch das Schott schloss sich direkt vor ihm. Und dann sauste auch das große Hangartor herunter und schloss die *Twilight* in der Landebucht ein.

Anakin wandte sich an R3. „Was ist denn mit dir los? Willst du uns umbringen?"

R3 drehte seinen Interface-Arm im Computeranschluss. Anakin hörte ein Geräusch von oben. Als er den Kopf hob, sah er drei Vulture-Droiden von der Decke herabfliegen. Sie fuhren ihre Beine aus, landeten und kamen drohend auf Anakin und seine Mannschaft zu.

„Ich habe ein ganz mieses Gefühl bei dieser Sache, Sir", sagte Rex.

Plötzlich dämmerte Anakin die ganze Wahrheit. „Dieser hinterhältige Droide ist ein Spion!"

Ein Surren erfüllte den Saal, als die Vulture-Droiden ihre Blaster hochfuhren. Anakin, Rex und der Klonkrieger rannten hinter einen großen Metallträger in Deckung. Die Klone schossen auf die näher kommenden Droiden. Anakin lenkte die Blitze mit seinem Lichtschwert ab.

„Captain, lösen Sie die Sprengladungen im Generatorsaal aus!", befahl Anakin.

„Aber Sir, wir sind immer noch in der Station!", sagte Rex vorsichtig.

„Überlassen Sie das Nachdenken über Details mir", murrte Anakin zurück.

„Sir, ja, Sir!", stieß Rex hervor.

Er hob den Fernauslöser und legte den Finger auf den Knopf.

Ahsoka umfasste ihr Lichtschwert fester. Sie konnte die Schritte des Generals hören, der näher und näher kam. Und sie wusste, dass sie sich nicht ewig verstecken konnte.

Dann verstummten die Schritte plötzlich. Ahsoka rührte sich nicht. Was hatte Grievous vor? Sie trat vorsichtig aus ihrem Versteck und hielt den Atem an.

Der Korridor war leer. Sie atmete erleichtert aus.

Und dann griff eine metallene Hand von oben herab und packte sie an der Kehle. Grievous stand kopfüber an der Decke!

Ahsoka versuchte ihr Lichtschwert zu heben, doch Grievous schlug es ihr aus der Hand. Es rutschte über den Boden davon und verschwand in der Dunkelheit.

Der General ging langsam an der Decke entlang und die Wand herunter, wie ein großes Insekt. Ahsoka hielt er dabei die ganze Zeit an der Kehle gepackt. Sie schlug wild um sich und versuchte, sich von der kräftigen Droidenklaue zu befreien.

Grievous ging zu ihrem Lichtschwert und hob es auf. „Noch ein Lichtschwert für meine Sammlung."

Er zündete die Waffe und hielt Ahsoka die Klinge vors Gesicht.

„Mein Droidenspion R3 hat deinen kostbaren Meister in die Falle gelockt", sagte er. „Wenn ich mit dir fertig bin, ist er als Nächster dran."

„Da täuschst du dich", giftete Ahsoka ihn an. „Er ist schon weg, und er wird deine kostbare Station in die Luft jagen,"

„Dieses Mal nicht", erwiderte Grievous.

Doch der General hatte seinen Satz kaum vollendet, da wurde die gesamte Station von einem gewaltigen Knall erschüttert. Der Boden des Lagerraums schien einen Satz zu machen und Grievous verlor für einen Augenblick Ahsokas rechte Hand aus dem Griff. Sie schnappte sich schnell ihr Lichtschwert aus seinen Klauen und schlug damit nach seiner anderen Hand. Grievous starrte vollkommen überrumpelt den metallenen Stumpf an seinem Arm an.

Ahsoka rannte davon. Der Boden war seit der Explosion in Schieflage. Sie sprang zu einer Lüftungsöffnung an der Decke hoch und verschwand darin, bevor Grievous sie wieder zu fassen bekam. Er schlug rasend vor Wut mit seinem Lichtschwert nach dem Lüftungsschacht, doch Ahsoka war bereits verschwunden.

Der General brüllte frustriert auf.

Er war geschlagen – von einer Jedi-Schülerin!

KAPITEL 12

Bumm! Noch eine Explosion erschütterte die Station. R2 und R3 rutschten über den Hangarboden. Stapelweise lose Ausrüstungsteile und Frachtcontainer hagelten um sie herum nieder. R2 knallte gegen einen Metallträger. Er stieß ein benommenes Pfeifen aus, drehte seine Kuppel und sah Anakin, der hinter dem Metallträger Deckung gesucht hatte.

„Erzwo, du musst die Hangartür für uns öffnen!", sagte Anakin.

„Piep?", fragte R2.

„Sieh nach, ob es an der äußeren Plattform irgendwelche Bedienfelder gibt!", rief Anakin. Er zeigte auf eine kleine Luke am anderen Ende des Hangars – ein Zugang für Droiden.

R2 rollte eilig hinüber und ging durch die Luke. An der äußeren Plattform fand er eine Kontrollkonsole, genau wie Anakin angenommen hatte. Die Station machte einen Satz, als sie von der nächsten Explosion erschüttert wurde, und R2 hatte Mühe, das Gleichgewicht zu halten. Er rollte zum Interface der Hangartür und steckte seinen Arm hinein.

Blamm! In diesem Moment rollte R3 von hinten heran und rammte R2.

„*Wiiii*", heulte R2, als die Wucht des Angriffs ihn von dem Anschluss wegriss. Er drehte sich schnell um und griff R3 an.

Der goldene Droide fuhr zwei Greifarme aus und schnappte nach R2. Doch dieser konterte mit einem blauen Energieblitz aus seinem elektronischen Auge. Der Blitz schlug mit einem Britzeln in R3 ein, der sich nicht mehr rührte.

Irgendwo weiter oben in der Station flog ein Separatistenjäger aus einem versteckten Hangar und schoss davon. Es war General Grievous. Unter ihm begann die angeschlagene Station langsam auf die Oberfläche des Planeten zu stürzen.

Wenn die Jedi diesem Desaster entkommen wollten, dann brauchten sie ein Wunder.

Ahsoka war mittlerweile durch den Lüftungsschacht in den Hangar gekrochen. Dort unten tauschten Anakin, Rex und Denal Blasterfeuer mit einem Trio von Vulture-Droiden und einigen Super-Kampfdroiden aus.

Ahsoka dachte schnell nach und ließ sich aus dem Lüftungsschacht geradewegs auf den nächsten Vulture-Droiden fallen. Sie stach ihn mit ihrem Lichtschwert in den Kopf. Die Maschine schwankte für einen Augenblick und brach dann zusammen. Ahsoka sprang ab und landete auf dem Boden.

Der nächste Vulture-Droide wandte sich Ahsoka zu. Doch Anakin vollführte einen Salto unter die Maschine und schlug von dort mit dem Lichtschwert zu. Dann rollte er sich schnell weg, bevor der Droide zu einem reglosen Metallhaufen zusammensank.

Rex und Denal beschossen die Super-Kampfdroiden ohne Unterlass, als der letzte Vulture-Droide Anakin und Ahsoka angriff. Die beiden suchten hinter einem breiten Metallträger Deckung.

„Was habe ich bis jetzt versäumt?“, fragte Ahsoka.

„Oh, nur das Übliche“, sagte Anakin.

Ein Laserblitz zuckte auf sie zu, und Ahsoka lenkte ihn mit dem Lichtschwert ab.

„Es war dumm von dir, es allein mit Grievous aufnehmen zu wollen“, rügte Anakin sie.

Ahsoka zuckte mit den Schultern. „Na ja, ich hatte die Befehlsgewalt über die Mission, und in dieser Situation erschien es mir eine gute Idee.“

„Hat er dir erzählt, dass der kurze Goldene für ihn arbeitet?“, fragte Anakin.

Ahsoka zuckte zusammen. „Könnte sein, dass er so etwas erwähnt hat. Ich schätze, wir sind alle drauf reingefallen.“

Anakin warf Ahsoka einen Blick zu, der so viel hieß wie: *Ich habe es dir gleich gesagt.* Doch im Augenblick mussten sie sich um Wichtigeres kümmern. Der letzte Vulture-Droide hatte sie in die Ecke gedrängt.

„General Skywalker, hier drüben gibt es Treibstoffzellen!“, rief Captain Rex.

Anakin nickte. „Machen Sie sich bereit, Rex!“

Anakin benutzte die Macht, um den Treibstofftank anzuheben und auf den Vulture-Droiden zu schleudern. Kurz bevor er einschlug, feuerte Rex seinen Blaster ab.

Bumm! Der Tank explodierte in einem Feuerball und vernichtete nicht nur den Vulture-Droiden, sondern auch die Kampfdroiden in dessen Schlepptau.

Im selben Moment verband sich R2 wieder mit der Bedienkonsole und öffnete die Hangartür. Jetzt konnte die *Twilight* fliehen. Anakin, Ahsoka, Rex und Denal rannten zum Schiff.

„Erzwo hat es geschafft!“, rief Ahsoka, als der Boden unter ihnen zu kippen begann.

„Das war doch klar!“, rief Anakin. „Und jetzt lasst uns hier verschwinden!“

Anakin suchte auf dem Weg zum Schiff den Hangar nach R2 ab.

„Wo bist du, Erzwo?“, fragte er sich leise.

R3 stand draußen auf der Plattform. Er hatte sich wieder halbwegs aufgeladen und war zum nächsten Kampf bereit. Bevor R2 sich aus der Konsole ausstecken konnte, rammte R3 ihn erneut.

Die Gruppe konnte nicht auf R2 warten. Die Station würde in wenigen Sekunden auf der Mondoberfläche aufschlagen. Ahsoka startete den Antrieb des Schiffes und flog es aus der Hangartür.

Als die *Twilight* im All war, löste sich Anakins Raumjäger aus dem Boden des Frachters.

„Wohin fliegt General Skywalker?“, fragte Rex.

Ahsoka sagte: „Er geht Erzwo holen.“

Anakin brachte seinen Jäger in einen steilen Sinkflug und versuchte mit der abstürzenden Station mitzuhalten.

Ein kleines Feuer loderte auf der äußeren Hangarplattform und tauchte den Kampf zwischen den beiden Droiden in flackerndes Licht. R3 rollte auf R2 zu und versuchte, ihm mit seinem Greifarm einen Energieschock zu versetzen.

Doch R2 wich ihm schnell aus und spritzte ihn mit Öl voll. Der goldene Droide rutschte aus und glitt rückwärts auf das Geländer der Plattform zu.

R3 schoss schnell ein Fangseil ab und hakte sich damit bei R2 ein. Wenn er schon abstürzen sollte, dann würde er R2 mit sich nehmen.

Doch R2 hatte andere Pläne. Er fuhr seine Kreissäge aus und schnitt das Seil durch. R3 fiel rückwärts über die Reling und stürzte auf den Mond zu. Ein großes, abgebrochenes Stück der Station landete einen Sekundenbruchteil später direkt auf ihm. *Kawumm!*

„Piep, piep!" R2 feierte seinen Sieg. Doch dann wurde ihm klar, dass die Station gleich abstürzen würde. Er gab ein besorgtes Piepen von sich. Würde es sein letztes sein?

In diesem Moment raste plötzlich Anakins Raumjäger durch die Wolken. Er lenkte das Schiff gekonnt neben die fallende Station.

„Komm schon, Erzwo."

R2 rollte von der Plattform und ließ sich geradewegs in den Sockel für den Astromechdroiden in dem Jäger fallen. Anakin drehte in dem Augenblick ab, als die Station auf der felsigen Mondoberfläche aufschlug und in einer gewaltigen Wolke aus Feuer und Rauch explodierte.

Als Anakin und R2 wieder an Bord der Twilight ankamen, nahm Ahsoka ein paar Reparaturen an dem Droiden vor. R2 wiederum legte Anakin mit seinem Greifarm provisorische Verbände an. Obi-Wan beobachtete die Szenerie via Hologramm und war alles andere als glücklich.

„Nur, damit ich dich richtig verstehe, Anakin: Du hast die

Mission aufs Spiel gesetzt, alle deine Leute und sogar deinen Padawan … nur um einen Droiden zu retten?"

„Erzwo hat den Horchposten gefunden und uns das Leben gerettet", erwiderte Anakin. „Wir konnten ihn nicht einfach dort lassen, Obi-Wan."

Der Jedi schüttelte den Kopf. „Anakin, eines Tages … eines Tages. Eines Tages, Anakin, eines Tages."

Obi-Wan beendete seine Übertragung. Es gab nichts mehr zu sagen. Anakin würde ohnehin immer das tun, was ihm in den Sinn kam.

Ahsoka lächelte Anakin an. „Ich bin froh, dass wir Erzwo zurückhaben, Meister, aber Obi-Wan hat nicht unrecht."

„Ahsoka, ich wusste, dass du diese Mission erfolgreich zu Ende führen würdest", sagte Anakin schmeichelnd. „Und abgesehen davon: Erzwo ist für mich nicht nur ein Droide. Er ist mein Freund."

„Piep!", sagte R2 in fröhlicher Zustimmung.

GRIEVOUS' VERSTECK

KAPITEL 1

Dafür wird Grievous bezahlen. Ich werde ihn vernichten!

Diese Worte hallten immer wieder durch Kit Fistos Verstand, als sein Delta-7B-Raumjäger durch die Atmosphäre Coruscants raste. Coruscant mit seiner enormen Skyline, die den größten Teil der Planetenoberfläche bedeckte, bot einen starken Kontrast zu Fistos Heimatwelt. Glee Anselm war ein friedvoller, abgeschieden gelegener Planet im Mittleren Rand. Er war fast vollständig von Wasser und Sümpfen bedeckt und somit das krasse Gegenteil von Coruscant. Kit fühlte sich dennoch auf beiden Planeten zu Hause. Auf dem einen war er zur Welt gekommen, und auf dem anderen war er Mitglied des Jedi-Rates.

Je näher die glänzenden Türme Coruscants kamen, desto nachdenklicher wurde Kit Fisto. Normalerweise zauberte der Anblick der Stadt ein leichtes Lächeln auf das Gesicht des Nautolaners – heute jedoch nicht. Er hatte dem Rat schwerwiegende Nachrichten zu überbringen, und das bedrückte ihn sehr.

Kit begab sich zum Jedi-Tempel, der seit Jahrtausenden die Heimat des Jedi-Ordens war. Das gewaltige Bauwerk überragte mit seinen achthundert Metern Höhe ganz Galactic City. Der Tempel umschloss einen uralten Macht-Knotenpunkt, der wiederum in einem heiligen Berg lag. Außerdem trug er fünf Türme an seiner Spitze: einen großen Tempelturm, umgeben von vier kleineren. Diese Türme symbolisierten den Aufstieg des Jedi zur Erleuchtung. Jeder der Türme krönte ein anderes Viertel des monumentalen Bauwerks, von denen jedes für einen speziellen Zweck bestimmt war. Das erste, das sogenannte Viertel des Wissens, war zugleich das wichtigste für die Ausbildung der Jünglinge, während sich im Viertel des Hohen Rates der Sitz des Jedi-Rates befand. Der Bereich um den sogenannten Neuordnungsturm war für den öffentlichen Zugang gedacht und das Verbindungsviertel beherbergte eine Vielzahl von Gärten.

Kit betrat den hoch aufragenden, von Sonnenlicht durchströmten Saal des Hohen Jedi-Rates. Die Jedi-Meister Yoda und Mace Windu saßen in je einem der zwölf Sitze, die entlang der runden Außenwand standen. Mace Windu war eine beeindruckende Gestalt. Sein finsterer und beherrschter Blick verriet nur selten etwas über seine Emotionen. Sogar Kit Fisto, der als Nautolaner mit seinen vierzehn Tentakeln auf dem Kopf den Gefühlszustand anderer zu spüren vermochte, war nicht in der Lage, die Gefühle des Jedi-Meisters zu erfassen.

„Und was ist mit Eurem ehemaligen Padawan?", fragte Meister Windu, als er das zweite Lichtschwert sah, das an Kit Fistos Gürtel hing.

Ja, dachte Kit und sah zu seiner Hüfte hinunter. *Mein ehemaliger Padawan …*

Der Jedi-Rat hatte sie ausgesandt, um Vizekönig Nute Gunray aufzuspüren, den neimoidianischen Anführer der Handelsföderation und hochrangiges Mitglied der Separatisten-Allianz. Die Separatisten galten als Feinde der Republik und der Jedi. Sith-Lord Count Dooku führte sie an, der vor seinem Übertritt zur Dunklen Seite der Macht ein Jedi-Meister gewesen war.

Nute Gunray hatte sich in Gefangenschaft der Republik befunden. Auf einem Transport nach Coruscant, wo ihm wegen seiner Verbrechen gegen die Republik ein Prozess drohte, halfen ihm Agenten von Count Dooku bei der Flucht. Nute Gunray entkam in einer gestohlenen Fregatte der Republik.

Kit Fisto schaffte es, das Identifikationssignal der Fregatte anzupeilen und spürte ihn infolgedessen auf einem kleinen, von Kratern übersäten Planeten im Vassek-System auf.

Beim Austritt aus dem Hyperraum begann auf dem Navigationsschirm von Kit Fistos Raumjäger ein Punkt zu blinken. Das musste Gunray sein.

„Piep, piep!“ Sein Astromechdroide R6-H5 piepte besorgt.

„Ich weiß, dass wir uns mitten im Nirgendwo befinden, R6“, rief der Jedi seinem Droiden zu. „Aber das ist genau das Peilsignal, nach dem wir suchen. Nimm Kontakt mit dem Äußeren-Rand-Kommando auf.“

Einen Moment später erschien ein Hologramm vor ihm im Cockpit des Raumjägers. Es waren die Jedi-Meisterin Luminara Unduli und ihr weiblicher Padawan Ahsoka Tano.

„Meisterin Luminara“, begrüßte sie Kit. „Ich habe den Verbleib unseres gestohlenen Schiffes ermittelt.“

„Das hat Euer ehemaliger Padawan Nahdar Vebb ebenfalls", antwortete die mirialanische Jedi-Meisterin. „Er befindet sich bereits auf der Oberfläche des Mondes."

„Es wird mir eine Freude sein, Nahdar wiederzusehen", sagte Kit. Durch die Wirren des Krieges war er schon längere Zeit von seinem alten Freund getrennt.

„Ich übertrage die Koordinaten für den Treffpunkt", sagte Ahsoka. „Und Meister Fisto ... es tut mir leid, dass uns dieser schleimige Gauner entkommen ist."

„Keine Sorge", beruhigte sie Kit Fisto und zwinkerte dem jungen Padawan-Mädchen aufmunternd zu. „Wir fangen Gunray schon noch."

„Viel Spaß bei der Jagd", antwortete Ahsoka, und dann verblasste das Hologramm.

Der dritte Mond Vasseks war eine felsige, von Moos bedeckte Welt mit riesigen, schroffen Felsschluchten und einem bedrohlich wirkenden, allgegenwärtigen Nebel.

Kits Raumjäger teilte den verhangenen Himmel und setzte zur Landung auf einem schmalen Felssims am Rand einer gewaltigen Schlucht an.

Als sie sicher gelandet waren, drehte R6 seine Kuppel hin und her und piepte nervös. *„Piep, piep!"*

„Na ja, ich kann auch nichts sehen", gab Kit zu. „Dir wird schon nichts passieren, R6. Halte einfach die Augen offen, in Ordnung?"

Kit sprang aus seinem Raumjäger und ging langsam durch den Nebel. Nach wenigen Schritten fand er eine Angriffsfähre der Republik, die ebenfalls auf dem Felsvorsprung gelandet war. Eine Gestalt in Kapuzenrobe stand mit einer Gruppe Klonkrieger daneben.

Die Gestalt kam heran und warf die Kapuze nach hinten. Der große, hohe Kopf und die fischähnlichen Augen eines Mon Calamari kamen zum Vorschein. Er begrüßte Kit Fisto mit einer Verbeugung.

„Nahdar!", erwiderte Kit mit einem kurzen Lächeln den Gruß. „Meine Glückwünsche zum Bestehen der Prüfungen. Es tut mir leid, dass der Krieg mich daran hinderte, deiner Ausbildung bis zum Ende beizuwohnen."

Bei den Jedi war es Tradition, dass ein Meister die Ausbildung seines Schülers bis zum Ende begleitete – also bis der Meister befand, dass der Padawan für die Prüfungen zur Ritterschaft vor dem Rat bereit war. An diesen Prüfungen durfte jeder Padawan teilnehmen, der vom Rat würdig befunden wurde, ein Jedi-Ritter zu werden. Die vier Prüfungen verlangten nicht nur große körperliche Anstrengungen, sondern forderten auch die Gefühlsebene in höchstem Maße heraus. Denn der Rat musste sicher sein, dass der junge Jedi sowohl seine Kräfte als auch seine Gefühle im Griff hatte, bevor der Rat ihm gestatten konnte, ein Ritter zu werden.

„Ihr wurdet vermisst, Meister", antwortete Nahdar respektvoll. „Es ist mir allerdings eine Ehre, nun als Jedi-Ritter neben Euch zu dienen."

In diesem Moment wandte sich einer der Klone, Commander Fil, an Kit Fisto. „General, wir konnten die Position des Peilsenders ausmachen." Fil zeigte auf einen kleinen Handscanner. Er behielt das Gerät einen Moment lang im Blick und deutete dann in den Nebel. „Das Schiff liegt am südlichen Ende der Schlucht."

Kit wandte sich in die Richtung, in die der Klon zeigte. Der Nebel war so dicht, dass er keine zwei Meter weit sehen konnte. Er lächelte und wandte sich an Fil. „Dann wollen wir mal nachsehen."

„Bitte gestattet mir, den Weg aufzuzeigen", sagte Nahdar und hob beide Arme.

Die Macht durchfloss den Mon Calamari und die Nebeldecke lichtete sich. Auf der anderen Seite der Schlucht wurde ein Bauwerk sichtbar. Es war eine gruselig wirkende, von Nebelschwaden verhangene Festung aus Stein. Sie war direkt in die schroffe Felswand gehauen.

„Wie einladend", sagte Kit Fisto. „Dann wollen wir den Vizekönig nicht länger warten lassen."

Kit und Nahdar machten sich auf den Weg zur Festung.

Commander Fil wandte sich seinen Männern zu. „Niner, Bel", befahl er. „Seht nach den Schiffen. Der Rest von euch folgt mir."

Fil und drei Klone folgten den Jedi. Die Nebelbank schloss sich hinter ihnen, als wolle sie die Gruppe verschlucken.

R6 piepte jämmerlich, als er Kit Fisto aus dem Blick verlor.

KAPITEL 2

Das Team schlich sich unter Kit Fistos Führung an die Festung heran, ein großes Bauwerk ohne Türen und Fenster. Einfach nur mammuthafte Steinblöcke.

„Keine Wachen", sagte Kit, als er sich das Gebäude angesehen hatte. „Das ist eigenartig."

„Der Eingang sieht verschlossen aus", fügte Nahdar hinzu.

Commander Fil griff nach einem Thermo-Detonator an seinem Gürtel. „Glücklicherweise haben wir uns darauf spezialisiert, uns irgendwo Zugang zu verschaffen."

Nahdar, der dem nicht nachstehen wollte, zog sein Lichtschwert. „Das wird weniger Lärm machen."

„Geduld, ihr beiden", spöttelte Kit. „Oftmals lohnt es sich, eine Sache einem zweiten Blick zu unterziehen."

Der Jedi-Meister suchte die Mauer weiterhin ab, bis er an eine Stelle gelangte, die glatt und nicht von Moos überwachsen war. Für Kit sah es so aus, als hätte es erst kürzlich jemand weggekratzt.

„Was ist das?", fragte Kit, drückte den Stein hinein und aktivierte damit einen versteckten Auslöser in der Wand. Ein riesiger Steinblock schob sich rumpelnd zur Seite und enthüllte einen geheimen Eingang. Kit drehte sich um und lächelte Nahdar und den Soldaten zu.

Kit ging durch die Geheimtür voraus und führte Nahdar und die Klone durch einen dunklen, engen Korridor. Der verschlungene Gang kreuzte sich mit mehreren anderen Korridoren, die entweder in verschlossenen Türen endeten oder sich endlos in der Dunkelheit zu verlieren schienen.

„Riecht ihr das?“, fragte einer der Klone.

„Riecht jedenfalls nicht nach Droiden, wenn du mich fragst“, antwortete ein anderer Klon. „Und es ist zu dunkel, um irgendetwas zu erkennen.“

Die Klone schalteten ihre Helmlampen an und tauchten den Korridor in Flutlicht. Kit lächelte und ging weiter den nun beleuchteten Gang entlang. Nahdar und die Klone waren direkt hinter ihm. Doch dann blieb der Jedi-Meister plötzlich stehen.

„Ich spüre etwas“, sagte Kit.

Die Klonsoldaten sahen sich um, nahmen aber nichts wahr außer dem schauerlichen Heulen des Windes, der durch die endlosen Korridore und Tunnels blies.

„Scanner negativ, General“, berichtete Commander Fil.

Die beiden Jedi sahen sich um. Sie wussten, dass sich in den Tunnels etwas oder jemand befand. Ihre Sinne waren stärker als jeder Scanner. Und in diesem Moment hallte ein monströses Grollen durch das Tunnelgewirr.

„Also das war auf jeden Fall etwas“, sagte einer der Klone.

Kit ging schnell um die nächste Biegung und bemerkte eine offene Tür, aus der Licht strahlte. Als sie näher kamen, hörten sie eine vertraute Stimme.

„Alle Droiden auf Wache bleiben", ordnete Nute Gunray an. „Macht euch auf alles gefasst."

„Roger, roger", erwiderte ein Kampfdroide.

Kit gab Fil ein Handzeichen, und alle gingen vorsichtig durch die Tür und eine Treppe hoch, in Richtung der Lichtquelle. Am oberen Ende der Stufen befand sich ein großer, von Säulen gesäumter Raum, an dessen Stirnseite ein großes Fenster einen Blick auf die neblige Schlucht bot. Die senkrechten Streben des Fensters sorgten dafür, dass das Licht nur gebrochen in den Raum fiel. Ein hoher Stuhl stand am Fenster, die Lehne den Jedi zugewandt. Gunray war darin zwar nicht zu sehen, dafür aber zu hören. Er erteilte fünf Kampfdroiden Befehle. Kit und Nahdar betraten den Raum. Die Klonkrieger folgten ihnen mit lautloser Präzision. Sie huschten von einer Säule zur nächsten, während die Jedi einfach mitten durch den Raum schritten.

„Äh, Vizekönig, die Jedi sind hier", meldete einer der Kampfdroiden.

„Ich weiß, dass sie nicht weit weg sind!", fuhr Gunray ihn an. „Wenn diese Jedi einmal meine Spur aufgenommen haben, werden sie nicht mehr lockerlassen!"

Der Droide machte eine nervöse Pause, bevor er hinzufügte: „Sie sind genau hinter Ihnen!"

„Was, wo?", schrie Gunray. „Tut etwas! Schießt sie nieder!"

Die Droiden gingen in Position, und die Jedi stoppten ihren Vormarsch. Die vier Klone tauchten hinter ihnen aus dem Schutz der Säulen auf.

Ein Droide wandte sich einer weiteren Kampfmaschine zu. „Hast du schon jemals einen Jedi getötet?"

„Nein, noch nie", erwiderte die andere Maschine.

„Ich auch nicht“, gab der erste Droide zu.

Die Droiden legten eine kurze Pause ein, um ihre Möglichkeiten abzuwägen, und dann eröffneten sie das Feuer. Kit lenkte einen Laserblitz gekonnt direkt auf einen der Droiden zurück und zerstörte ihn.

Ein anderer Droide steckte zwischen den vier Klonen und den beiden Jedi in der Zange. Er hatte keine Chance.

„Ihr braucht nicht einmal daran zu denken, ihr Republikhunde!“, rief der Droide und schwenkte seinen Blaster nervös hin und her.

In weniger als einer Sekunde eröffneten alle Klone das Feuer. Der Droide wurde in Stücke gerissen.

Nahdar attackierte die beiden verbleibenden Droiden und hackte sie aggressiv mit dem Lichtschwert in Stücke. Dann benutzte er die Macht, um die Trümmer quer durch den Raum zu schleudern.

Der junge Jedi drehte sich zu seinem ehemaligen Meister um, von dem er allerdings einen missbilligenden Blick erntete.

„Ich habe doch nicht etwa vergessen, dich Zurückhaltung zu lehren, oder, mein alter Padawan?“, fragte Kit Fisto. Das aggressive Verhalten seines ehemaligen Schülers gab ihm zu denken.

„Es tut mir leid, Meister“, sagte Nahdar. „Ich habe die Beherrschung verloren.“ Der junge Jedi wusste, dass er zugelassen hatte, dass sich sein Urteilsvermögen vernebelte.

„Wer große Kräfte hat, der sollte sie nicht einsetzen“, fügte Kit Fisto hinzu. Der junge Jedi-Ritter durfte sich über das Gelernte nicht hinwegsetzen.

Während sie sprachen, gelangten die beiden Jedi zu Nute Gunrays Stuhl.

„Lieutenant!“, rief Gunray. „Habt ihr sie erwischt?“

Kit griff nach dem Stuhl, doch Nahdar hob schnell die Hand und benutzte die Macht, um den Stuhl umzudrehen.

„Nein, aber wir haben Euch, Vizekönig!“, rief der junge Jedi.

„Ihr habt gar nichts, Jedi-Narren!“, ertönte Gunrays Stimme, allerdings nur als Hologramm, das statt des Neimoidianers im Stuhl saß. „Willkommen zu eurem Untergang!“

Das Hologramm flackerte kurz und verblasste. Auf dem Stuhl lag ein kleiner, handgroßer Peilsender. Kit und Nahdar waren offenbar dessen Signal gefolgt.

„Er wusste, dass wir kommen“, sagte Nahdar.

„Ich hätte wissen müssen, dass Gunray nicht hier ist“, sagte Kit grübelnd. Er versuchte sich ein Bild von der Situation zu machen. „Er ist ein solcher Feigling, dass er bei unserem Anblick davongerannt wäre.“

Da kam eine andere Stimme von dem Stuhl. „Ich muss mich für die Täuschung entschuldigen, Jedi-Meister.“

„Count Dooku“, sagte Kit Fisto ruhig, als ein Hologramm des Sith-Lords auf dem Stuhl erschien. „Ihr habt ein großes Talent für unerwartete Auftritte.“

„Es ist eine Schande, dass Ihr wegen nichts so weit gereist seid“, sagte Dooku. „Der Vizekönig steht zwar nicht für eine Verhaftung zur Verfügung, doch bitte gestattet mir, Euch eine alternative Beute anzubieten – falls Ihr der Herausforderung gewachsen seid.“

Bevor der Jedi antworten konnte, verblasste das Hologramm und ein kleiner Knopf an dem Stuhl begann zu blinken.

„Das kann nur eine Falle sein“, behauptete einer der Klonkrieger, während sich die beiden Jedi fragend ansahen.

Kit betrachtete den Knopf lächelnd. „Mir scheint, Dooku möchte jemanden fangen und wir sind der Köder."

„Aber wer soll in die Falle gehen?", fragte Nahdar. Er sah seinen alten Jedi-Meister an, beugte sich vor und drückte den Knopf.

Im selben Moment öffnete sich rumpelnd eine schwere Tür am anderen Ende des Raumes. Dahinter kam ein düsterer Korridor zum Vorschein. „Sollen wir es nicht herausfinden?", fügte der junge Jedi hinzu.

„Dieser Ort wirkt auf mich wie ein Schrein für einen seltsamen Krieger", sagte Kit auf dem Weg durch den Gang. An den Wänden des Korridors standen drei Statuen, die ein Geschöpf in drei Verwandlungsstadien zeigten. Die erste Statue war ein fremdartiges Wesen. Die zweite stellte dasselbe Wesen als einen mit Roboterteilen ausgestatteten Krieger dar. Doch bei der letzten Statue erstarrte der Betrachter vor Furcht: Das Wesen hatte sich in einen monströsen Cyborg verwandelt.

Die beiden Jedi blieben einen Moment lang vor der dritten Statue stehen, bevor Kit schließlich das Wort ergriff. „Dies ist das Versteck von General Grievous!"

KAPITEL 3

Grievous' Raumjäger schoss über dem dritten Mond von Vassek aus dem Hyperraum. Er lenkte sein Schiff in Richtung der von Kratern übersäten Welt und leitete den Landeanflug ein, als auf seiner Steuerkonsole ein Licht zu blinken begann. Er betätigte mit einem Knurren eine Taste, und ein Hologramm Count Dookus baute sich auf.

„Ja, mein Lord?", fragte Grievous seinen Sith-Meister.

„General, die anhaltende Pattsituation in diesem Krieg ist inakzeptabel geworden. Es bestehen Bedenken, dass Ihr Euch Euren Aufgaben nicht mehr mit voller Konzentration widmet. Lord Sidious verlangt mehr konkrete Ergebnisse. Mehr tote Jedi."

„Ihr erwartet den Sieg über die Jedi", giftete Grievous wütend. „Aber für den Kampf mit ihnen habt ihr mir nichts als Kampfdroiden zur Seite gestellt."

Unten auf dem Mond arbeiteten sich die Jedi tiefer in Grievous' Festung vor.

„Das müssen Trophäen sein", stellte ein sichtlich erregter Nahdar fest, als er vor einer Vitrine mit Dutzenden von

Lichtschwertern stand. „Sie stammen von Jedi, die Grievous getötet hat. Und es sind so viele."

Kit beschäftigte sich zu sehr damit, Dookus Plan zu durchschauen, als dass er seinen Freund hätte trösten können. „Aber wieso sollte Dooku seinem besten General eine Falle stellen?", fragte er sich. „Das ergibt doch keinen Sinn."

Nahdar sah von der Trophäenvitrine auf. „Sind wir der Köder? Oder ist Dooku der Köder?"

„Wir müssen uns überlegen, für wen diese Falle in Wirklichkeit sein könnte", grübelte Kit.

In diesem Moment piepte der Comlink an seinem Gürtel.

„General, Ihr Droide hat ein anfliegendes Schiff erfasst", meldete Klonkrieger Niner. „Es passt auf die Beschreibung von Grievous' Jäger, und es ist direkt in Ihre Richtung unterwegs."

„Halten Sie sich außer Sicht und warten Sie weitere Befehle ab", instruierte ihn Fisto.

Nahdar konnte seine Aufregung nicht verbergen.

„General Grievous gefangen zu nehmen könnte den Ausgang des Krieges entscheiden!", stieß er hervor.

„Und wenn er nicht weiß, dass wir hier sind", fügte Commander Fil hinzu, „könnten wir ihm eine schöne Überraschung bereiten."

„Unterschätzen Sie Grievous nicht", warnte Kit den Klonkrieger. „Wir werden auf jeden Fall einen vernünftigen Plan brauchen."

Grievous hatte seine Festung betreten und schritt aus einem Turbolift in einen finsteren Korridor.

„Wachen?", brüllte er. „Wachen!" Er hatte damit gerechnet, dass seine MagnaGuard-Droiden ihn erwarteten.

Dann rief er frustriert nach seinem Haustier. „Gor! Gor! Wo bist du?"

Er stampfte wütend den Gang entlang. Plötzlich standen Kit und zwei Klone vor ihm. Nahdar und die beiden anderen Klone tauchten aus Seitengängen hinter Grievous auf und blockierten den Weg. Grievous saß in der Falle.

„Willkommen zu Hause, General", begrüßte ihn Kit mit einem Lächeln. „Ich fürchte, ich muss Ihre Kapitulation fordern." Der Jedi hob sein grün leuchtendes Lichtschwert. „Kooperieren Sie, Grievous, dann wird der Senat vielleicht gnädig sein."

Der General knurrte: „Ihr seid es, die keine Gnade verdient habt!"

Er zündete sofort seine beiden Lichtschwerter und wollte ausholen, doch der Korridor erwies sich für ein Kampfmanöver als zu schmal. Die Jedi hatten sich ihr Schlachtfeld gut ausgesucht. Kit und Nahdar griffen nun von beiden Seiten an.

Grievous teilte seine zwei Arme in vier und griff sich noch zwei Lichtschwerter aus seinem Mantel. Er drehte sich seitwärts, damit er auf jeder Seite mit zwei Lichtschwertern gegen einen der Jedi kämpfen konnte. Es kostete die Jedi all ihre Fertigkeiten, um Grievous' Angriff abzuwehren.

„Katapulte!", rief Kit den Klonkriegern auf seiner Seite des Korridors zu.

Die beiden Klone folgten dem Befehl und feuerten die Seilkatapulte unter ihren Blastern auf Grievous ab. Die Greiferspitzen bohrten sich in seine Roboterbeine.

Grievous holte mit dem Lichtschwert aus und schnitt eines der Seile durch, doch Kit konnte ihn davon abhalten, das zweite zu durchtrennen. Die beiden Klone auf Nahdars

Seite schossen inzwischen ebenfalls ihre Seile ab und bohrten zwei Haken in das andere Bein des Generals.

Die Soldaten warfen sich voll in die Seile und zogen. Sie versuchten Grievous zu unterwerfen, doch der General kämpfte wie ein wildes Tier.

„Lasst ihn nicht los!", befahl Commander Fil seinen Männern.

Während die Klonkrieger sich abmühten, Grievous an Ort und Stelle zu halten, schlug dieser wie wild auf die Seile ein.

„Lasst nicht zu, dass er die Seile kappt!", rief Kit, während er sich unter einem wilden Angriff von Grievous wegduckte. Er konzentrierte sich, schwang sein Lichtschwert und hackte Grievous' mit absoluter Präzision unterhalb der Knie die Beine ab.

Grievous warf sich nach oben und bekam ein Rohr an der Decke zu fassen, bevor er zu Boden ging. Doch die Klonkrieger zerrten an den Seilen und zogen den General wieder zurück. Er begann sich mit den Armen den Korridor entlangzuschleppen.

Nahdar trat vor und blockierte den Weg. „Bringt mich nicht dazu, Euch zu vernichten", drohte er.

Kit warf seinem ehemaligen Schüler einen besorgten Blick zu. Er bemerkte, dass Grievous eines seiner Lichtschwerter schwang, um Nahdar anzugreifen. Deshalb sprang Kit schnell einen Satz nach vorn und schlug dem General die Waffe aus der Hand.

Grievous packte mit seiner freien Hand die Seile und zog mit solcher Kraft daran, dass die Klone beider Seiten auf ihn zu geschleudert wurden. Das kostete die Jedi das Gleichgewicht.

„Kommt und holt mich!“, brüllte Grievous und versetzte Kit einen Schlag, sodass dieser bei den Klonen landete. Nahdar ergriff die Gelegenheit, um Grievous den Rest zu geben. Er trat mit blitzendem Lichtschwert vor, doch Grievous schnappte sich einen der Klonkrieger und zog ihn zwischen sich und den Jedi.

Der junge Jedi war so überrumpelt, dass er für einen kurzen Moment zögerte. Diese Chance nutzte Grievous. Er warf den Klon Nahdar entgegen, und die Wucht des Klonsoldaten riss Nahdar um.

Grievous ließ sich auf seine Arme nieder und kroch auf Commander Fil zu. Die Klone eröffneten das Feuer. Einer der Schüsse streifte Grievous' Maske, doch das war alles. Grievous machte sich mit insektoiden Bewegungen davon und verschwand bald im Dunkel des Korridors.

Kit stand auf und rannte dem General nach.

„Schneidet ihm den Weg ab!“, befahl Nahdar den Klonen. Er, Fil und einer der Soldaten rannten in einen Seitengang. Die beiden übrigen Klone folgten Kit in einen anderen Korridor.

Fil und Nahdar sahen den General an einer Kreuzung vorüberhasten. Der Commander schoss, landete jedoch keinen Treffer. Kit hörte das Blasterfeuer und rannte in die entsprechende Richtung. Als er ankam, fand er zwei tote Klone auf dem Boden. Es waren die beiden, die dem General gefolgt waren. Grievous konnte nicht weit sein. Kit setzte sich wieder in Bewegung.

KAPITEL 4

Grievous rutschte um eine Biegung und sah sich um, um sicherzugehen, dass ihm niemand folgte. Dann drückte er in einer bestimmten Reihenfolge verschiedene Kacheln an der Wand und aktivierte damit eine geheime Fluchttür. Sie schloss sich schnell hinter ihm, und die Kacheln schnappten wieder in ihre ursprüngliche Position zurück. Von der Tür war nicht mehr das Geringste zu sehen.

Einen Moment später kamen die Jedi und die Klone zusammen und mussten feststellen, dass Grievous verschwunden war. Kit und Nahdar tauschten Blicke aus. Grievous' Entkommen machte den jungen Jedi sichtlich wütend.

„Die Klone haben uns behindert!", behauptete Nahdar wütend. „Ich hätte ihn besiegen können!"

„Wir sollten uns lieber um die Verwundeten kümmern", meinte Kit. Er machte sich Sorgen, dass Nahdar die Kontrolle über seine Emotionen verlor.

„Doktor!", heulte Grievous, als er sich durch eine Luke in einen geräumigen, kuppelförmigen Saal schleppte, in dessen Mitte eine große Kontrollkonsole stand. „Wo bist du?"

Es kostete ihn einige Mühe, sich aufzurichten. Rauch stieg aus seiner Rüstung an den Stellen auf, an denen er sich Blastertreffer eingefangen hatte.

Ein A4-D-Medidroide rollte in den Raum.

„Ich grüße Sie", sagte der Droide. „Was haben Sie denn die Jedi mit Ihnen machen lassen? Sie sind ja ein Schrotthaufen auf vier Armen! Was für eine Sauerei! Das wird ewig dauern, bis ich Sie wieder beieinander habe."

Grievous drehte sich mit einem ungeduldigen Blick um. Der General war nicht zufrieden mit A4-D.

„Seien Sie nicht böse mit mir, Meister", entschuldigte sich der Droide. Grievous' Wut schien ihn nicht zu kümmern. „Wären Sie ein besserer Krieger, führten wir diese Unterhaltung nicht. Wie auch immer, ich gehe ein paar Teile holen."

Der Droide wandte sich ab und rollte davon.

Sechs humanoide Droiden hingen an Ladekabeln von der Kuppeldecke. Es waren Grievous' tödliche Leibwächter, die MagnaGuards.

„Was ist mit meinen Leibwächtern los?", fragte Grievous den Medidroiden.

„Sie wurden per Fernauslösung zum Wiederaufladen deaktiviert", informierte ihn A4-D. „Ich dachte, Sie wären das gewesen."

Grievous verengte misstrauisch die Augen und drückte einen Knopf an der Wand. Die Augen der sechs MagnaGuard-Droiden brachten plötzlich Licht in die Dunkelheit. Die Ladekabel lösten sich und die Droiden senkten sich von der Decke, um sich um Grievous herum aufzubauen.

„Gebäude abriegeln!", befahl der General und schleppte sich zu dem Operationsstuhl neben dem Kontrollpult. Er aktivierte einen der Überwachungsmonitore. Eine Ansicht von Kit und Nahdar war darauf zu sehen. Die beiden Jedi knieten neben einem gefallenen Klon.

„Bitte lasst mich selbst nach Grievous suchen, Meister", flehte der junge Jedi.

„Geduld, Nahdar", warnte Kit ihn. „Du magst vielleicht kein Padawan mehr sein, aber du bist noch nicht bereit, es mit Grievous aufzunehmen."

Der junge Jedi-Meister grübelte.

„Es ist Zeit für unseren Rückzug", sagte Kit schließlich und wandte sich in die Richtung, aus der sie gekommen waren.

Kit führte Nahdar und die Klonkrieger aus dem Labyrinth hinaus. Doch als sich die Jedi dem Ausgang des Baus näherten, fiel plötzlich ein massiver Steinblock vor dem Ausgang herunter. Als sie sich umdrehten, um einen alternativen Weg aus der Festung zu suchen, hörten sie weitere Steintüren zuschlagen. Sie waren eingeschlossen.

Kit und Nahdar tauschten unbehagliche Blicke aus.

„Ich schätze, wir werden doch kämpfen müssen", sagte Kit.

„Green Scout an Basis", funkte Commander Fil an die Klone, die das Schiff bewachten. „Nehmt Kontakt mit der Flotte bei Besteene auf. Setzt sie davon in Kenntnis, dass wir im Kampf gegen Grievous stehen und Verstärkung benötigen."

Einen Moment später erklang durch den Comlink eine gewaltige Explosion.

Kit aktivierte seinen Comlink, hörte aber nichts außer dem verzweifelten Piepen von R6.

„Sieh zu, dass du da wegkommst, R6! Sofort!"

KAPITEL 5

Ein Hologramm baute sich vor ihnen im Korridor auf.

„Eure Zeit ist abgelaufen“, sagte Grievous.

„Wieso kommt Ihr nicht heraus, General?“, fragte Kit. „Schenkt uns doch etwas von dieser berühmten Separatisten-Gastfreundschaft.“

„Geduld“, sagte Grievous lachend. „Doch bis dahin genießt einfach alles, was mein Heim anzubieten hat. Ich habe es speziell für ungebetene Gäste wie euch eingerichtet.“

Das Hologramm verblasste, und hinter einer Steintür erwachte irgendeine hydraulische Zahnradmaschinerie zum Leben. Mehrere Steinblöcke unter der Gruppe klappten in den Boden und hinterließen eine lodernde Feuergrube.

Die beiden Jedi sprangen mit ihren blitzschnellen Reflexen in einen Nebengang in Sicherheit. Die beiden Klone jedoch fielen in die Grube. Commander Fil wirbelte mitten in der Luft herum, richtete seinen Blaster an den Rand der Grube und feuerte seinen Seilkatapult auf die Steinwand ab. Das Kabel fand Halt und bremste ihn knapp über den Flammen der Feuergrube ab. Der Commander sah nach unten und musste feststellen, dass sein Kamerad weniger Glück gehabt hatte.

Nahdar griff nach dem Kabel und zog Fil Stück für Stück aus der Grube. Der rutschige Boden erschwerte es ihm, einen festen Stand zu bekommen, und je mehr er zog, desto näher rutschte er an die Grube heran. Kit kam an seine Seite, und zusammen schafften sie es, Fil aus dem Feuer zu ziehen.

„General", rief Kit in Richtung der ferngesteuerten Überwachungskamera, von der sie beobachtet wurden. „Ich weiß, dass Ihr uns zuseht. Wir haben den Keller Eures Heims gesehen, fanden ihn aber nicht sonderlich beeindruckend."

Grievous' Lachen hallte durch die Dunkelheit. „Gut, Jedi. Gut. Du bietest mir noch eine Weile eine sportliche Herausforderung."

Irgendwo tiefer in dem Labyrinth öffnete sich eine dunkle, von Schleim bedeckte Tür. In der Dunkelheit dahinter saß eine furchtbare, monströse Kreatur. Die Bestie kam in das Licht des Korridors, wo ihre grauenhafte Gestalt sichtbar wurde. Der Roggwart stellte sich auf die Hinterbeine. Er ruderte wild mit seinen von Klauen bewehrten Händen und dem dreizackähnlichen Schwanz und stieß ein langes, tiefes Knurren aus.

A4-D näherte sich General Grievous mit einem Tablett voller Ersatzteile.

„Meister, die Rüstungsflicken werden kalt", sagte der Droide. „Und entgegen Ihrer Behauptung habe ich noch etwas anderes zu tun."

„Fang mit den Reparaturen an!", instruierte ihn Grievous wütend.

Der Medidroide aktivierte einen Schalter an Grievous' Stuhl. Hydraulische Pumpen zischten, als der Sitz sich drehte und sich gleich einer Art Operationstisch flachlegte.

A4-D sah sich Grievous von oben bis unten an. „Manchmal frage ich mich, warum Sie sich diesen Modifikationen unterworfen haben“, sagte er, erwartete allerdings keine Antwort.

Grievous warf dem Droiden einen wütenden Blick zu. „Verbesserungen!“, bellte er. „Und ich habe mich nicht unterworfen, sondern ich habe sie mir ausgesucht. Und jetzt fang endlich an!“

Der Medidroide drehte sich um und aktivierte die Steuerung für den Stuhl. Roboterarme fuhren aus dem Unterteil und machten sich bei Grievous an die Arbeit. Einer der Arme zog die Haken aus den mechanischen Beinstümpfen. Ein anderer griff nach Grievous' beschädigtem Arm, riss ihn einfach aus und baute einen brandneuen ein.

Ein kleines Paar Klauen packte Grievous' Maske.

„Das könnte etwas unangenehm werden“, warnte A4-D. Grievous stöhnte laut vor Schmerzen, als sich die Maske mit einem Knirschen löste und die grauenhaften, vernarbten Überreste seines wahren Gesichts im Freien lagen.

„Haltet euch bereit“, befahl Kit, als sie das schauderhafte Brüllen des Roggwarts hörten. „Es könnte sein, dass es hier noch Schlimmeres gibt als Grievous.“

Und dann erschien das wilde Monster im Korridor. Die riesige Bestie rannte mit enormer Schnelligkeit auf sie zu.

„Sieht so aus, als hätten Sie recht damit, Sir“, erwiderte Fil, als er seinen Blaster auf die Kreatur richtete.

Kit führte den ersten Hieb gegen das Monster, aber an

dessen zäher, gepanzerter Haut prallte die Waffe einfach ab. Kit fiel das Lichtschwert aus der Hand. Während er sich danach bückte, hielt Commander Fil seinen Blaster schussbereit.

„Schießen Sie, Commander!“, rief Nahdar.

Fil zog den Abzug durch, allerdings prallten die Laserblitze ebenfalls von der Kreatur ab, ohne Schaden anzurichten.

Als die Bestie vorbeirannte, hielt sich Nahdar an ihr fest und kletterte auf ihren Rücken. Doch der Roggwart bäumte sich wütend auf und warf den Jedi ab. Dann schlug er mit seinem langen, spitzen Schwanz nach Fil und riss ihn von den Beinen. Nahdar versuchte die Bestie abzulenken, indem er nach ihr schlug, wurde aber erneut zu Boden gerissen. Kit zündete sein Lichtschwert und stach dieses Mal direkt zu. Die Waffe durchdrang die Haut. Der Roggwart richtete sich zornig auf und schleuderte Commander Fil, der immer noch in seinen Schwanz gewickelt war, zu Boden.

Die Kreatur hob den Schwanz, um Fil noch ein zweites Mal zu schlagen, doch Nahdar reagierte schnell und schnitt den Schwanz mit dem Lichtschwert ab. Kit sprang rasch hinzu und trennte dem Monster mit einem schnellen Lichtschwerthieb die Vorderbeine vom Körper.

Der Roggwart brüllte vor Schmerzen auf und brach zusammen. Kit erledigte die Bestie mit einem finalen Hieb.

Nahdar stand neben Commander Fil. Der Klonkrieger war tot. „Dafür wird Grievous bezahlen“, drohte er mit hasserfüllter Stimme. „Ich werde ihn vernichten.“ Er hielt das Lichtschwert fest in seinen mit Schwimmhäuten versehenen Händen.

Kit sah zu seinem ehemaligen Schüler. Er sah den Zorn, der in Nahdars Blick aufflammte. „Ich verstehe deinen

Schmerz", besänftigte er ihn. „Aber du vergisst deine Ausbildung. Rache ist der falsche Weg."

Nahdar wirbelte zu seinem alten Meister herum. „Aber wir befinden uns im Krieg!", erinnerte er Kit und zeigte auf den toten Commander Fil. „Hier gewinnt der Stärkere. Die Regeln haben sich geändert."

„Vielleicht bist du es auch, der sich verändert hat ...", konterte Kit. Er hegte die Befürchtung, dass Nahdars Ausbildung zu früh geendet und dass er nicht genügend Zeit mit seinem Schüler verbracht hatte. Womöglich war Nahdar doch noch nicht bereit gewesen, in den Stand eines Jedi-Ritters erhoben zu werden.

„Komm jetzt", sagte Kit. „Wir müssen in Bewegung bleiben."

KAPITEL 6

Grievous setzte sich in seinem Operationsstuhl auf. Seine kalten Augen blinzelten hinter seiner neuen Panzermaske.

„Dann wollen wir mal sehen, ob Gor sein Spiel mit den Jedi beendet hat", grunzte Grievous mit einem Blick auf die Monitore seiner Kommandokonsole. Allerdings zeigte die Hälfte der Überwachungsschirme nichts als Rauschen. Nirgendwo war etwas von den Jedi oder den Klonen zu sehen.

„Wo sind sie?", fragte er irritiert.

Erst dann fiel sein Blick auf den Monitor, auf dem sein Haustier Gor zu sehen war. Der Roggwart lag tot auf dem Boden. Grievous brüllte wütend auf.

A4-D gesellte sich zu ihm und deutete auf ein blinkendes Licht auf der Konsole.

„Meister", sagte der Droide. „Count Dooku versucht Kontakt mit Ihnen aufzunehmen."

Grievous schlug mit der Faust so fest auf einen Konsolenknopf, dass diese eine Beule davontrug. Ein Hologramm Dookus erschien vor ihm.

„General", sagte Dooku spöttisch. „Wie ich höre, sind die Jedi in Euer Versteck eingedrungen."

Grievous verengte die Augen zu Schlitzen und sah Dooku wütend an.

„Die Niederlagen, die Ihr in letzter Zeit gegenüber den Jedi erlitten habt, haben mein Vertrauen in Eure Fähigkeit erschüttert, die Droidenarmee anzuführen", fuhr Dooku fort. „Ich hoffe, Ihr versteht mein Bedürfnis, Eure Effektivität zu überprüfen."

„IHR!", brüllte Grievous. „Ihr habt meine Wachen deaktiviert! Ihr habt die Jedi hier hereingelassen! Damit Ihr mich testen konntet?!"

„Ich hoffe in der Tat, dass Ihr als Sieger hervorgeht", entgegnete Dooku. Grievous' Wut schien ihm Freude zu bereiten. „Es ist an der Zeit, dass Ihr Eure Fähigkeiten unter Beweis stellt."

Bevor Dooku noch etwas hinzufügen konnte, deaktivierte Grievous das Hologramm.

„Also gut, Dooku", zischte er und erhob sich von seinem Stuhl. „Ich werde Euer kleines Spiel mitspielen."

A4-D stellte sich vor den Ausgang. „In Ihrem Zustand brauchen Sie Ruhe."

„Ich ruhe mich aus, wenn die Jedi tot sind", knurrte Grievous und stakste zu der Geheimtür hinaus. Seine MagnaGuard-Wachen erwarteten ihn dort.

Und aus der Dunkelheit folgten zwei Augenpaare jeder Bewegung Grievous'. Die Jedi beobachteten, wie der General die Kacheln in einer bestimmten Reihenfolge drückte und die Tür damit verriegelte.

Als der General und seine Wachen außer Sichtweite waren, gingen die Jedi zu der Geheimtür.

„Ihr hattet recht, Meister", gestand Nahdar. „Dieser Ausgang muss zum Kontrollraum führen."

Kit lächelte dem jungen Jedi zu und drückte die Kacheln, um die Geheimtür wieder zu öffnen.

A4-D beschäftigte sich im Kontrollraum gerade damit, die verbeulte Kontrollkonsole zu reparieren, als er auf einem Überwachungsmonitor die beiden Jedi in die Kammer kommen sah.

„Oh, was haben wir denn hier?“, fragte der Droide. „Ungebetene Gäste?“ Er aktivierte das Durchsagesystem.

„Meister“, sagte der Droide in das Mikrofon. „Die Jedi befinden sich auf dem Weg in den Kontrollraum!“

Die einzige Möglichkeit, die Kit und Nahdar blieb, war die Flucht.

„Nahdar, schnell hier hinein!“, rief Kit dem jungen Jedi zu. Er war bereits auf dem Weg durch die Geheimtür.

„Nein, geht Ihr nur!“, rief Nahdar. „Ich werde sie aufhalten.“

„Wir haben jetzt keine Zeit für Diskussionen“, drängte Kit. Er spürte den Zorn, der in seinem ehemaligen Schüler brodelte.

„Wir können doch nicht einfach weglaufen“, murrte Nahdar und umfasste sein Lichtschwert fester. „Wir müssen diese Sache zu Ende bringen.“

„Nahdar!“, flehte Kit. „Komm jetzt!“

Doch es war zu spät. Die Geheimtür zum Kontrollraum fiel zu und schloss Kit in der Kammer ein, während Nahdar noch draußen im Korridor stand.

„Darauf habe ich gewartet!“, sagte Nahdar voller Vergnügen. Er zündete sein Lichtschwert und drehte sich zu Grievous und den MagnaGuard-Wachen um.

„Nahdar!“, rief Kit von der anderen Seite. Der junge Jedi saß in der Falle, und Kit konnte nichts dagegen tun.

Nahdar rannte den Korridor entlang und griff zwei der MagnaGuards an. Kurz darauf streckte er sie mit heftigen Lichtschwerthieben nieder. Auch als der nächste MagnaGuard angriff, war Nahdar bereit. Der junge Jedi benutzte eine Kombination aus Machtstößen und Lichtschwerthieben, um seinen Gegner zu entwaffnen und zu vernichten.

„Ich grüße dich, junger Jedi", sagte Grievous hämisch, als er aus der Dunkelheit trat.

Nahdar vernichtete mit Leichtigkeit auch den vierten Wachdroiden, drehte sich um und stand Grievous von Angesicht zu Angesicht gegenüber.

„Und wo ist dein Meister?", fragte der General mit einem suchenden Blick in den Korridor.

„Das werdet Ihr noch bald genug herausfinden", antwortete Nahdar und griff Grievous an.

Der General zündete zwei seiner Lichtschwerter und blockierte die Hiebe des jungen Jedi.

„Ihr könnt uns nicht alle besiegen", sagte Nahdar. Grievous trieb ihn rückwärts.

„Und ob ich das kann", lachte Grievous und sprang einen Satz nach vorn. Seine Lichtschwerter durchschnitten bedrohlich die abgestandene Luft.

Nahdar reagierte schnell und blockierte die Attacke des Generals. Er spürte seinen Zorn wachsen. Nur mit Mühe konnte er Grievous abwehren. Und dann übernahmen seine Emotionen das Regiment, und er war nicht mehr länger eins mit der Macht.

A4-D stand im Kontrollraum und beobachtete den Kampf auf einem der Überwachungsmonitore.

„Erledigen Sie ihn, Meister!", rief er. „Töten Sie ihn!"

Doch dann dämmerte ihm etwas. „Augenblick mal. Wo ist der andere Jedi?"

Er suchte die Monitore ab und entdeckte plötzlich, dass Kit bereits direkt hinter ihm stand.

„Oh-oh", machte der Droide, als Kit das Lichtschwert schwang und ihm einfach den Kopf abhackte. Der Jedi stellte sich schnell an die Konsole und sah nach, ob irgendeine Möglichkeit bestand, seinen jungen Freund zu retten. Auf einem der Monitore sah er Nahdar mit Grievous kämpfen.

Kit beobachtete, wie sich sein Freund mit dem monströsen General schlug. Nahdars Lichtschwert lag gerade Klinge an Klinge mit den beiden Schwertern des Generals. Es wirkte wie ein Unentschieden, aber dann klappte Grievous einen seiner anderen Arme aus, griff nach hinten und holte einen Blaster unter seinem Mantel hervor.

Nahdar sah nach unten. Sein Lichtschwert war zwischen Grievous' Klingen eingeklemmt. Er konnte nichts zu seiner Verteidigung tun. Grievous feuerte seinen Blaster ab und Nahdar sackte tot zusammen.

„Nein!", rief Kit aus dem Kontrollraum. Er hatte nichts unternehmen können, um seinen ehemaligen Padawan zu beschützen.

Grievous beugte sich über Nahdar und nahm dem toten Jedi das Lichtschwert ab. Noch eine Trophäe. Der Anblick drehte Kit den Magen um. Er wusste, dass er sich nicht von seinen Emotionen übermannen lassen durfte. Das war nicht die Art der Jedi.

Grievous sah zu der Überwachungskamera hoch. „Ich werde euch alle umbringen!", brüllte er. „Hörst du mich, Jedi? Hörst du mich?"

In diesem Augenblick begann Kits Comlink zu blinken. Es war sein Astromechdroide R6. Er war mit dem Raumjäger zurückgekehrt.

„Hol mich auf der südlichen Plattform ab", gab Kit durch. „Ich bin gleich da."

„Piep, piep", bestätigte R6. Kit beobachtete immer noch Grievous auf dem Monitor.

„Du bist der Nächste, Fisto!", brüllte Grievous in die Überwachungskamera.

Kit kniff die Augen zusammen und drückte ein paar Tasten auf der Kommandokonsole. Damit hatte er sämtliche Todesfallen in Grievous' Versteck aktiviert.

„Bis Ihr hier seid, bin ich verschwunden", erwiderte er, zündete sein Lichtschwert und schnitt die Konsole mittendurch, womit sie schrottreif war.

Kit verließ den Kontrollraum und machte sich auf den Weg zur südlichen Landeplattform, um zu R6 zu stoßen. Als er dort auf seinen Droiden wartete, spürte er etwas. Aber bevor er reagieren konnte, schlug eine Lichtschwertklinge vor seinen Füßen im Boden ein.

Nun hatte Grievous ihn doch noch entdeckt. Er hing von dem Felssims, auf dem Kit stand, herunter. Seine mit Klauen versehenen Füße hatte er tief in die Felswand unter sich geschlagen. Der General stieß sich schnell hoch und landete auf dem Sims. Schwarzer Rauch quoll aus seiner Rüstung.

„Wo willst du denn hin?", fragte Grievous spöttisch. Seine vier Lichtschwerter erleuchteten den Nebel.

Kit zündete sein Lichtschwert und griff den General an. Grievous ließ seine vier Laserschwerter wie Propeller rotieren und trieb Kit wieder zurück.

Der Jedi vollführte einen Salto über Grievous hinweg. Der General wirbelte herum und schlug mit seinen Lichtschwertern zu, doch inzwischen war Kit bereits in der Nebelbank verschwunden. Nicht einmal sein Lichtschwert war mehr zu sehen.

Dann zündete der Jedi die Waffe erneut. Er stand wieder hinter Grievous und schlug zu, doch der General wirbelte abermals herum und parierte den Hieb.

„Ihr wart vielleicht einst ein stolzer Krieger", sagte Kit herausfordernd. „Aber nun seid Ihr nur noch eine Marionette in Dookus Spiel."

„Ich besitze enorme Kräfte, du Jedi-Narr!", kreischte Grievous lachend.

Kit griff den General mit blitzschnellen Hieben an. Mit viel Geschick schlug er Grievous eines der Lichtschwerter aus der Kralle. Die Waffe wirbelte durch die Luft und landete in Kits Hand. Der Jedi sah nach unten auf den deaktivierten Griff. Es war Nahdars Schwert.

„Diese Kräfte werden Euch eines Tages auffressen!", prophezeite Kit lächelnd, aktivierte das zweite Lichtschwert und griff Grievous mit Doppelhieben an.

Durch die Expertise des Jedi-Meisters wurde Grievous mehr und mehr zurückgetrieben. Er reagierte blitzschnell, wirbelte umher und blockierte jeden von Grievous' Hieben mit großem Können. Grievous befand sich schon auf dem Rückzug, als die MagnaGuard-Droiden auf der Landefläche erschienen. Die Maschinen zwangen Kit schnell zum äußeren Rand der Plattform.

„Wie schnell sich das Blatt doch wenden kann", geiferte Grievous kichernd und richtete sich hoch auf. „Ergib dich, und ich verspreche dir einen schnellen Tod."

Kit ließ sein Lichtschwert sinken und deaktivierte es. Er schien aufzugeben. Grievous sah den Jedi siegessicher an, was Kit ein Lächeln entlockte, bevor er mit einem Salto nach hinten sprang. Er landete auf der Tragfläche seines wartenden Raumjägers.

Als er in das Cockpit stieg, hörte er Grievous noch heulen: „Haltet ihn auf!“

Doch Kit wusste, dass die MagnaGuards keine Macht mehr hatten. Sie konnten ihm nur beim Abflug zusehen.

„Lass uns nach Hause gehen, R6!“, sagte Kit traurig. Sein Lächeln verlor sich.

Grievous stand auf dem Felssims und sah zu, wie Kits Raumjäger im Nebel verschwand. Wie auf Kommando baute sich in diesem Moment hinter ihm ein Hologramm Count Dookus auf.

Grievous drehte sich zu seinem Meister um. „Count Dooku“, sagte er. „Die Jedi sind besiegt.“

„Die Siege über die Klone und den jungen Jedi waren zu erwarten“, erwiderte Dooku. „Aber ein Mitglied des Jedi-Rates zu schlagen, das ist wirklich eine beachtenswerte Leistung.“

Grievous stand einen Moment lang nur schweigend da. Er war sowohl beschämt als auch wütend. „Der Jedi Fisto ist entkommen“, gestand er schließlich.

Dooku starrte ihn nur an. Er zeigte keinerlei Regung. „Es gibt immer die Möglichkeit zur Verbesserung“, meinte er schließlich, und dann erlosch das Hologramm.

Grievous stieß ein frustriertes Brüllen aus. Er wusste, dass er seinen Meister enttäuscht hatte.

Als er wieder auf Coruscant war, ging Kit zum Saal des Hohen Jedi-Rates. Die Meister Yoda und Mace Windu hatten ihn gerufen. Sie waren neugierig auf den Bericht über die Mission des Jedi. Als Meister Windu ihn nach dem Verbleib seines ehemaligen Padawans fragte, sah Kit nur zu dem zweiten Lichtschwert an seinem Gürtel hinab und dachte an seinen Freund Nahdar.

„Er hatte das Herz am rechten Fleck", sagte Kit gerührt. „Aber er hat versucht, Grievous' Kräften seine eigenen entgegenzusetzen."

Meister Yoda sah ihn voller Mitgefühl an. „Anderen Kräften die eigenen entgegenzusetzen der Weg der Jedi nicht ist. In diesem Krieg, große Gefahr steckt … uns selbst zu verlieren."

STAR WARS™

THE CLONE WARS™

Die Comicreihe

Star Wars: The Clone Wars
TV-Comic 1: Der Hinterhalt
Softcover, € 9,95
ISBN 978-3-86201-390-6

Star Wars: The Clone Wars
Comicband 7:
Die tödlichen Hände von Shon-Ju
Softcover, € 9,95
ISBN 978-3-86201-389-0

Star Wars: The Clone Wars
Comicband 6:
Schlacht um Khorm
Softcover, € 9,95
ISBN 978-3-86201-388-3

Star Wars: The Clone Wars
Comicband 5:
Der Koloss des Schicksals
Softcover, € 9,95
ISBN 978-3-86201-322-7

Star Wars: The Clone Wars
Comicband 4:
Taloraans Windräuber
Softcover, € 9,95
ISBN 978-3-86201-103-2

Star Wars: The Clone Wars
Comicband 3:
Sklaven der Republic
Softcover, € 12,95
ISBN 978-3-86201-102-5

Star Wars: The Clone Wars
Comicband 2:
Crashkurs
Softcover, € 9,95
ISBN 978-3-86201-101-8

Star Wars: The Clone Wars
Comicband 1:
Dem Untergang geweiht
Softcover, € 9,95
ISBN 978-3-86201-013-4

IM BUCH- UND COMICHANDEL ERHÄLTLICH

LUCAS BOOKS

PANINI BOOKS

www.paninicomics.de

STAR WARS

REBEL FORCE

Die spektakuläre, neue Romanreihe um die Helden der Rebellion im Kampf gegen das übermächtige Imperium.

***STAR WARS*: Rebel Force**
Band 1: Im Fadenkreuz
ISBN 978-3-8332-1878-1

***STAR WARS*: Rebel Force**
Band 2: Die Geisel
ISBN 978-3-8332-1938-2

***STAR WARS*: Rebel Force**
Band 3: Der Attentäter
ISBN 978-3-8332-1939-9

***STAR WARS*: Rebel Force**
Band 4: Unter Beschuss
ISBN 978-3-8332-2031-9

***STAR WARS*: Rebel Force**
Band 5: In der Falle
ISBN 978-3-8332-2032-6

***STAR WARS*: Rebel Force**
Band 6: Der Aufstand
ISBN 978-3-8332-2033-3

LUCAS BOOKS

PANINI BOOKS
www.paninicomics.de

Das Imperium beherrscht die Galaxis.
Der Jedi-Rat ist zerschlagen und die Jedi vernichtet.

STAR WARS™
DER LETZTE JEDI

Die spannende Romanreihe um die Geschehnisse
direkt im Anschluss an den Kinohit Star Wars EPISODE III

Band 10:
Die Abrechnung
ISBN 978-3-8332-1734-0

Band 9:
Der Meister der Täuschung
ISBN 978-3-8332-1733-3

Band 8:
Gegen das Imperium
ISBN 978-3-8332-1514-8

Band 7:
Die Geheimwaffe
ISBN 978-3-8332-1513-1

Band 6:
Die Rückkehr der dunklen Seite
ISBN 978-3-8332-1515-5

Band 5:
Im Netz des Bösen
ISBN 978-3-8332-1365-6

Band 4:
Tod auf Naboo
ISBN 978-3-8332-1358-8

Band 3:
Unterwelt
ISBN 978-3-8332-1357-1

Band 2:
Düstere Vorboten
ISBN 978-3-8332-1275-8

Band 1:
Auf verlorenem Posten
ISBN 978-3-8332-1274-1

LUCAS BOOKS

PANINI BOOKS
www.paninicomics.de

STAR WARS

Die Videogame-Romane

Star Wars
REPUBLIC COMMANDO
Band 4: Order 66
ISBN 978-3-8332-1735-7

Star Wars
REPUBLIC COMMANDO
Band 3: True Colors
ISBN 978-3-8332-1653-4

Star Wars
REPUBLIC COMMANDO
Band 2: Triple Zero
ISBN 978-3-8332-1366-3

Star Wars
REPUBLIC COMMANDO
Band 1: Feindkontakt
ISBN 978-3-8332-1199-7

Star Wars The Force Unleashed
Roman zum Game
ISBN 978-3-8332-1737-1

Star Wars The Force Unleashed 2
Roman zum Game
ISBN 978-3-8332-2129-3

Star Wars IMPERIAL COMMANDO
Die 501.
ISBN 978-3-8332-1935-1

Star Wars The Old Republic
Eine unheilvolle Allianz
ISBN 978-3-8332-2036-4

Star Wars The Old Republic
Band 2: Betrogen
ISBN 978-3-8332-2249-8

Star Wars The Old Republic
Band 3: Revan
ISBN 978-3-8332-2373-0

Im Buchhandel erhältlich!

PANINI BOOKS
www.paninicomics.de